TAKE
SHOBO

# 軍服萌えの新妻は最推し♥の騎士団長サマに溺愛される

小桜けい

*Illustration*
KRN

JN098452

蜜猫
Novels

*contents*


プロローグ 006
第一章 008
第二章 046
第三章 109
第四章 160
第五章 208
第六章 264
あとがき 287

イラスト／KRN

# 軍服萌えの新妻は最推し♥の騎士団長サマに溺愛される

# プロローグ

一年前、レオンは夜会の会場にて、変な令嬢と出会った。

義理で少しだけ顔を出すつもりだったが、第二王子に声をかける女性は多い。疲れた彼は、ホールの隅に目立たない場所を発見した。

分厚いカーテンの陰になっているそこは、身を隠しつつダンスホールがよく見渡せる。

ここなら誰もいないだろうと入り込んだが、先客がいたのだ。

赤みがかった金髪の若い令嬢が一人、カーテンの隙間から熱心にホールをみつめている。

一応は流行の型のドレスを着ているが、何となく全体的に地味な雰囲気の令嬢だ。

彼女とは知り合いでもないが、先ほどホールにいる姿を見かけていた。

その時の彼女は、華やかで勝ち気そうな令嬢と一緒で、いわゆる引き立て役という感じだった。

そして一緒にいた令嬢が、目当てだったらしい色男と踊り出すと、そっとホールを離れていった。

内気な令嬢が、社交の場で他の女性からいいように利用され、物陰でひっそり嘆く――それなら至極ありふれた状況だ。

ところが、ダンスホールを熱心に眺める令嬢の横顔には、悲痛さや陰鬱の陰など欠片《かけら》もない。

まるで最高に楽しい観劇の最中と言わんばかりに、瞳を輝かせて皆が踊るのを眺めている。

夢中なあまり、レオンが傍にきたのも気が付かないようだ。

その横顔をよく見て、意外にも彼女が美しいのに気づいた。

形の良い鼻梁《びりょう》とふっくらした唇。新緑を思わせる瞳はパッチリと大きく、生き生きと輝いている。

もっと華やかな装いをして、こんな風に魅力的な笑顔を見せれば、先ほど自分を引き立て役にした令嬢にも負けないだろうに。

自分には関係ないと思いつつ、モヤモヤした感情が湧き上がって、つい声をかけてしまい……。

——それがレオンと、フローラ・グレーデン伯爵令嬢との出会いだった。

# 第一章

傾きかけた夕陽《ゆうひ》が、室内をオレンジ色に染める。

エーデルシュテットの王都は、一年を通して温暖な気候に恵まれた地だ。

冬は暖炉に火を入れるが、春も近くなった今日は特に暖かい。カーテンのそよぐ窓からは、そよ風に乗って春の花の香りが微《かす》かに漂ってくる。

フローラは夜会の身支度を早々に終え、全身鏡に映る自分を満足気に眺めた。

華やかではないが、特にみすぼらしくもなければ、極端に地味過ぎもしない。それは別の意味で目立ってしまう。

その場にいることで、隣の華やかな令嬢を引き立てる。

そんな、程よく地味な雰囲気が良いのだ。

「フローラ様がこれで満足なら良いのですが、少し勿体《もったい》ないような気もしますね」

今日も要望通りに身支度を整えてくれた侍女のミラが、少々複雑そうに苦笑する。

「いつもありがとう。私はこれで大満足よ」

フローラは上機嫌で頷《うなず》き、これから出かける夜会に、うっとり想《おも》いを馳《は》せる。

政略結婚が普通だった時代は過ぎて久しく、昨今では王族も恋愛結婚が普通だ。

グレーデン伯爵家の一人娘である彼女は、今年で十八歳を迎えた。

この国の貴族令嬢は十六歳で成人となり、良縁を求めて社交に精を出しはじめる。

フローラも二年前に社交デビューを済ませてからというもの、せっせと社交の場には通っていた。

……もっとも、目当ては自身の婚活ではないのだけれど。

「出発までのんびりするから、ミラも休んで」

フローラは引き出しからお気に入りの絵巻を取り出すと、上機嫌で安楽椅子に座る。

ミラも長椅子に腰を掛け、休憩用に隠し持っていた小型の絵巻を広げた。

侍女が主人の部屋で堂々とくつろぐなど、普通なら許されない。

しかし、ミラはフローラの専属侍女とはいえ、昔から仲良く育った乳姉妹だ。彼女を親友だと思っているし、同じ趣味を共有する大切な同志でもある。

ミラとくつろいで趣味の話を共有するのは、フローラにとって楽しい一時なのだ。

フローラが魔法の絵巻を広げると、真っ白な紙面に黒一色で描かれた騎士と姫がじわり浮かび上がり、滑らかに動きだす。

古来より魔法は生活の隅々に浸透し、人々の暮らしを豊かにしてきた。簡単に温水を沸かせた

り、火をおこしたりするものから、芸術に関する魔法も沢山ある
紙面で絵が動いているように見せる動画魔法も、そうした芸術分野の魔法の一つだ。

魔法で印刷した紙を軸に巻き、広げると動く絵が浮かび上がる仕組みになっている。

音は出ないのだが、所々にセリフが入り、場面に合わせて消えては次のセリフが浮かび上がっていく。

一般書店に並ぶ動画魔法の絵巻は、まだ字の読めない子どもの為《ため》に、簡単な絵だけでお話を楽しませるものばかりだ。

しかし世の中には、このように男女の甘い恋愛を主題にした『ロマンス絵巻』も存在し、一部の女性に熱狂的な支持を受けている。

そしてフローラも、ロマンス絵巻のない人生など考えられないと思う程、どっぷりはまってしまった一人だった。

一つの絵巻に映し出せる時間は、とても短い。

五分ほどで『続く』の文字が出て、紙は真っ白に戻ったが、フローラはしばらく余韻にうっとりと浸っていた。

「はぁ～……好きな作品は、何度観ても最高ね」

恍惚《こうこつ》の吐息と共に呟《つぶや》くと、ミラが自分の絵巻を差し出した。

「こっちも観《み》ます？」

「もちろん！」

ミラと絵巻を交換し、いそいそと広げかけた時……。

「フローラ、大事なお話があるのだけれど」

扉越しにグレーデン伯爵夫人——母の声が聞こえ、フローラとミラは飛び上がった。

「今、夜会の支度をしているの！　すぐに開けるわ！」

フローラは答えながら、ミラと絵巻を素早く隠す。

実の所、ロマンス絵巻の世間評価は決して高くない。

若い娘が恋愛小説に熱中するくらいならまだしも、子どもみたいに動く絵を眺めるだけなんて馬鹿馬鹿しいと言うわけだ。

そしてグレーデン伯爵夫人は、フローラを心から愛してくれる善き母だが、娘の好きなロマンス絵巻に関してだけは、欠片も理解を示してくれないのだった。

「お母様、お待たせしてごめんなさい」

いかにも支度の最中でしたとばかりに、フローラは鏡台の傍に立ち、咳払《せきばら》いをしてミラに合図する。

ミラが扉を開くと、厚みのある大きな封筒を手にした母が立っていた。

封筒は、大型書類用のごくありふれたものだ。しかし父ならともかく、書類仕事と無縁な母が持っているのは、妙な違和感があった。

なんだか嫌な予感がして、フローラの背筋がぞわぞわする。

「あら」

フローラを見た母が、不満そうに眉を顰《ひそ》めた。

「貴女《あなた》、まさかその格好で行く気ではないでしょうね？　この前に買った新しい夜会ドレスはどうしたの」

「え、ええと……」

ギクリとフローラは身を竦《すく》めた。

若い頃に社交界の華ともてはやされた母は、今も四十近いとは思えない美貌を保っている。

求婚された数は三桁を超え、父と大恋愛の末に結婚した時は、国中の男性が泣いたとか。

ところが一人娘のフローラときたら、社交デビューをして二年も経《た》つのに、求婚どころか男性から踊りの申し込みもない。

社交の場では普段と別人のように大人しく振る舞い、他の令嬢の引き立て役に徹するからだ。

楽観的な父は、いずれ運命の相手と会えるだろうと気楽に構えてくれるのだが、母は娘が嫁き遅れになるのではと心配している。

それで先日は街へ連れ出され、断ることもできない勢いで、思い切り華やかなドレスを購入されてしまったのだ。

「お母様の気遣いはありがたいのだけれど、私はいつも通りの方が性に合うと言うか……」

「……あら、そう」

にこやかに微笑《ほほえ》んでいるが、よく見れば母の目は笑っていない。

——お説教の匂いがする。

「あの……大事なお話とは？」

向かい合って腰を下ろし、恐る恐る切り出すと、母がふぅと溜息《ためいき》をついた。

「貴女がこそこそと離れに隠していたものについて、説明なさい」

冷ややかな声で告げられた予想外の言葉に、フローラの顔からたちまち血の気が引く。

屋敷の脇にある小さな離れは、フローラが三年前の誕生日に貰《もら》ったものだ。

離れと言っても、壁一面に収納棚がついた小さな部屋だが、親の目に触れさせたくないものをしまっておくには最適な場所である。

つまり、数百巻はあるコレクションのロマンス絵巻が、棚ぎっしり並んでいる。そのうえ……。

「な……っ⁉　酷《ひど》いわ！　どうして勝手に開けたの？」

あそこには自分とミラ以外は入らないよう言ってあったので、思わず抗議した。

「勝手に開けたわけではないわ。鍵が壊れていたらしく、扉が半開きだったのよ。不審に思って中を確認するのは当然でしょうが」

冷静に返され、ぐっとフローラは息を呑《の》む。

最近、鍵の調子がおかしかったのだが、業者を呼ぶなら中にあるものを見られないようにしなければと、騙《だま》しだましなんとか使っていたのが悪かった。

「そうだったの……疑ってごめんなさい」

「そこは良いから、私の質問に答えなさい」

「こそこそしていたのは悪かったと思うわ。私の好きなロマンス絵巻のコレクションは、お母様に良い顔をされないから……」

しどろもどろで言い訳をし始めると、母がいっそう深い溜息をついた。

「それだけではないでしょう。暇さえあれば離れに籠《こも》って何をやっているのかと思ったら、自分でもこんなものを描いていたのね」

母が封筒から数十枚の紙を取り出し、テーブルに載せる。

「――っ⁉」

フローラは驚愕《きょうがく》に腰を浮かせ、声もなく絶叫した。

突き出された紙にはどれも、架空の男女の恋愛模様が描かれている……というか、全てフローラが描いた原稿だった。

「フロレンツィアと署名されているけれど、これは貴女の筆跡よね？」

「あ、あ……」

「絵巻なんて子どもっぽいものに夢中なのは感心しないけれど、貴女にこれほど絵心があるとは驚いたわ。特に、ここのプロポーズシーンはなかなかだと思うわよ。それに、貴女がこんなにロマンチックな話やセリフを考えつくなんてねぇ」

「う、あ……ぁ……」

「でも、なぜ偽名を？　どこでフロレンツィアと名乗っているの？　だいたい、どうしてフロレンツィアという名にしたの？」

動揺のあまり、言葉にならない声で呻くフローラに、母が追い打ちをかける。

「や、やめて……今、説明するから……オネガイ、デス……」

ミラには原稿も手伝ってもらっているし、同じ趣味の人になら見せても平気だ。

でも、その分野に全く興味のない自分の親に、隠していた原稿を冷静に評価され、ペンネームを連呼されるのが、これほど精神的ダメージをくらうものだとは予想外だった。

恥ずかしいなんてものじゃない。

誰か、穴を掘って自分を埋めてほしい。

フローラは頭を抱えて呻《うめ》き、必死で息を整える。

コレクションを置く場所が欲しくて、自分専用の離れを強請《ねだ》ったのは本当だ。

とはいえ、もっと本音を言えば『親の目を気にせず原稿を執筆する場所』が欲しかったという理由が一番強い。

「隠し事をして、ごめんなさい。私は趣味でロマンス絵巻を描いておりました！　その名前は、即売会で使う仮名です！」

　死にそうな気分でぜいぜいと呼吸をしつつ、フローラは姿勢を正して深々と頭を下げた。

　動画魔法を作るのには、まず動きが出るように描いた、複数の絵を用意する必要がある。それをパラパラとめくっているような状態を、紙面に映し出しているわけだ。

　よって、女性に人気のあるロマンス小説は書店に並んでいるが、あの挿絵のように細かな絵で動画絵巻を作っても採算がとれないとして、出版社は作らない。

　そこで昔、ロマンス小説の絵巻き版が欲しいと思いついたある貴族令嬢が『この世になければ自分で作る』と、自費でロマンス絵巻を製作したところ、知人を通じて徐々に広まったらしい。

　動画魔法の印刷も、自分で魔道具を買おうとすれば高価だけれど、印刷店に少部数頼むのなら庶民でも無理なくできる。

　今では愛好家の数も増え、自分の作った絵巻を売り買いできる即売会も、年に二度開催されるようになった。自費出版なので印刷代が少し回収できるくらいだが、完全に趣味でやっている者の集まりだからこそできることである。

　また、即売会では庶民風に変装したり変名を使うことで、貴族令嬢も人目を気にせず参加できた。最初は興味本位で遊びに来たが、すっかりハマって自分で描きだす人も珍しくない。

　フローラも、珍しい絵巻があると噂《うわさ》を聞いてミラと一緒に遊びに行ったら夢中になり、買って読むだけでなく自分でも作りたくなった一人だ。

今ではフロレンツィアというペンネームを使い、ここ数年の即売会には毎回参加している。

先月にあった冬の即売会での新作もなかなか好評で、半年後の夏の即売会に向けて次の新作をと、毎日コツコツと少しずつ描いていた。

「――なるほどね。でも、納得のいかない部分があるの」

聞き終わった母が、フローラの地味なドレスと、華やかなヒロインの描かれた原稿を、しげしげと見比べた。

「こういう物語に憧れているのなら、貴女だって素敵な恋愛ができるように、もっと……」

「勘違いしないで、お母様！」

思わず食い気味に、母の声を遮ってしまった。

「ど、どうしたのよ。いきなり声を荒げたりして」

「お母様の見解は、全っっ然！　違うのよ。私は、素敵な恋愛模様を傍から観るのが大好きであって、ヒロインになりたいわけではないの」

これは譲れないので力説したが、母はわけが解《わか》らないとばかりに、ポカンと目を見開いた。

「ねぇ、貴女の言っている意味が、私には理解しかねるのだけれど。もっと解るように説明してくれないかしら」

「つまり私は、自分が男性と恋愛をしたいわけではなく、あくまでも、脇役に徹していたいのよ」

「脇役……」

「社交場で素敵なカップルを眺めていると、ロマンス絵巻のネタがいくらでも湧いてくるわ。脇役というより、いっそ会場の壁や柱になりたいくらい！　私の幸せは、主役よりも背景になって、彼らを思うさまに愛《め》でることなのよ！」

　つい熱心にベラベラと説明し、しまったと思った時には遅かった。

　母の眉が、みるみるうちに険しく吊《つ》り上がる。

「貴女が社交場では人見知りなんて、おかしいと思ったのよ。わざと目立たないように振る舞っていたということね？　私が、どれほど心配したと思うの」

　淡々と尋ねる母の声は、恐ろしく冷ややかだ。室温が真冬に戻ったかのように錯覚する。恐ろしさに、フローラは心底から震えあがった。

「心配をかけてしまったのは申し訳ないけれど、本当にまだ、自分の恋愛対象を探す気にはなれないの。すぐに嫁《い》き遅れになるわけでもないから、二十歳くらいまでは自由に……」

「甘い！」

　母の鋭い声が空を切った。

「それまでろくに殿方と交流もせず、嫁き遅れギリギリで良い結婚相手を見つけようなんて、考えが甘すぎるわ！　貴女は我が家の一人娘で、婿をとらなければいけないのに！」

「そ、それは……大丈夫！　私も身勝手なことをしている以上、それなりに対策は考えてあるわ」

　激怒している母が耳を貸してくれるかは解らないが、こうなったら自分の考えや手の内をきちんと話してみるしかない。

「ミラ、帳簿を持ってきて」

フローラは言い、それなりの黒字を叩《たた》きだしている帳簿をテーブルに広げてみせた。

グレーデン伯爵家は領地も広く、幾つかの事業も順調に営んでいる。

淑女教育に経済学は含まれないが、フローラが勉強したいと言うと、父は喜んで一流教師をつけてくれた。

その教師に十分学び、今では大型魔道具の貸し出し事業を任せてもらっている。

「あら、魔道具の貸し出しなんて商売になるのかしらと思ったけれど、なかなかやるじゃない。お父様の言う通り、貴女には商才があるのね」

帳簿を見た母が、感心したように呟く。

この事業は、フローラがロマンス絵巻を描き始めた頃、思いついたものだ。

動画魔法の印刷機のように、便利だが毎日使うものではない魔道具は幾つもある。

そういう魔道具を揃《そろ》え、日数に応じた金額で貸し出してはと父に話したら、面白いと興味をもってくれたのだ。

置き場にも困る大型魔道具の短期貸し出しは、始めてみると意外なほど需要があった。

最初は脱穀機など農耕具が主だったが、今では富裕層向けのレジャー用品など魔道具の種類を増やし、かなりの高収入となっている。

「これだけ売り上げを増やせたのは、社交場で情報取集に勤《いそ》しんでいたからよ。どんな魔道具の貸し出しに需要があるのか、皆のお喋《しゃべ》りを聞きながら考えたの」

誇らしげに胸を張ると、母が渋々と言った様子で、帳面とフローラを見比べた。

「……ただ遊んでいただけではないというのね」

「そうよ！」

ここぞとばかりに勢い込んで身を乗り出した。

「これで私でも事業をこなせると証明できたでしょう？　お父様にもそのうち領地経営を教えていただく約束なの。それだって頑張ってこなしてみせるわ。そしてゆくゆくは、遠縁から有能な方を見つけ、私の養子に誘うという方向で……」

「そこまで。もういいわ」

しかし、ピシャリと母が容赦なく演説を遮った。

声を荒げてもいないのに、凄《すさ》まじい気迫を感じ、フローラはピタッと口を閉じる。

「嫁《い》き遅れにならない為の対策かと思ったら、完全に生涯独身で通す計画だったとはね」

冷ややかに言う母は、上品な笑みを崩さないままだが、背後に真っ黒い怒りのオーラが見える。

「しょ、将来的に我が家が困らなければ、無理に結婚しなくてもいいのではと……」

「それとこれとは、別の話です。お父様も私も、つい貴女の好きにさせ過ぎたのが間違いだったわ」

溜息交じりに言い、母はミラに視線を向けた。

「ミラ、今すぐ着替えさせて。先日に購入した夜会ドレスを用意なさい。この子が満足いくように仕上がるまで、私もここで見張ります」

「ええっ？　今から着替えるのはいくらなんでも……」

時計を見れば、あとわずかで家を出る時間だ。

「式典や晩餐会《ばんさんかい》ならともかく、舞踏会に多少遅くなっても問題ないわ」

母は涼しい顔でベルを鳴らして他の侍女を呼ぶと、自分の部屋から宝石箱を持ってくるように命じる。

そしてテーブルに載ったままだったフローラの原稿を指し、ニコリと物騒に微笑んだ。

「今日の夜会で、貴女が誰にも踊りを申し込まれなければ、私は強硬手段にでるわ。離れの中身を全て処分したうえで、お見合い結婚をさせますからね」

「そんなーっ？」

「不満なら、主役になれるよう頑張ることね」

ホホホ、と高らかに笑って宣言した母からは、紛れもなく本気だという気迫が漂っている。

フローラは虚《うつ》ろな目で、大急ぎで着せ替えを始める侍女達《たち》に身を委ねた。

夜会は主催者の屋敷で開くのが基本だが、自領地ならともかく、王都では宴席用の会館を借りて開くのが主流になっている。

複数人で主催する会合や、街屋敷では手狭になる大がかりな宴席を開く時などに便利なのだ。

フローラが今夜招待された舞踏会も、そうした会館の一つで開くと、招待状に記されていた。

ここはダンスホールをこっそり覗《のぞ》くのにちょうど良い隠れ場所があるので、招待にはいつもウキウキと出かけていたのだが……。

——最高に、居心地が悪い。

ホールの隅にあるカーテンの影で、フローラはしゃがみこんで頭を抱えていた。

娘のひいき目を抜きにしても、母はセンスが非常に良い。

淡いピンクの地に、シャンパンゴールドのリボンや刺繍《ししゅう》をふんだんにあしらったドレスは、とても華美なのに派手過ぎず上品。母が自分の宝石箱から取り出した、ルビーの髪飾りとネックレスも、ドレスによく似あっている。

他人がこの装いをしていれば、フローラも間違いなく絶賛していた。

（……でも、やっぱり私は、変に注目されるなんて全然楽しくない。不向きなのよ）

会場に入ってすぐのことを思い出し、羞恥にのたうち回りたくなる。

着替えて化粧も直していたので、フローラが着いた時にはもう、夜会は始まっていた。

母の言う通り、通常の舞踏会なら開始時間までに着くのが望ましいとはいえ、多少遅くなっても特に無礼とはならない。

とにかく会場に入って、目立たないように隅っこで今夜のことをよく考えようと思ったのだが、甘かった。

この二年間、大人しい地味な装いでも社交場には相当通っていた。女性の知人はそれなりに多いし、男性にも踊ったりしなくても顔は知られている。

それが急に、別人みたいに華やかな格好で現れたのだから、皆が困惑するのも無理はない。

——いきなり、どうした？

とばかりに、珍妙な光景を見たような目線が矢のごとく降り注ぐ。

いたたまれず、そそくさと隠れ場所に逃げこんだのである。

「今日は随分と雰囲気が違うと思ったら……腹でも痛いのか？」

背後から男性の声が聞こえ、フローラはノロノロと顔をあげた。

「レオン……」

品の良い夜会服を身につけた、長身の男性が歩いてくる。

黒髪を短く整えた、鋭い紫色の瞳が精悍《せいかん》な印象を与える彼は、レオン・アルベルム公爵だ。

現国王夫妻の次男で、れっきとした第二王子なのだが、王太子である兄の補佐に徹したいと言い、現在は臣籍降下して公爵位となっている。

第二王子の頃から総騎士団長も務めている彼は、まだ二十三歳で婚約者もいない。

そんな、容姿も能力も地位もずば抜けたものを持ち、人望も厚いと聞く彼は、当然ながら未婚令嬢の憧れの的だ。

しかし、レオンはどんな美女に誘われても、興味がないと断ってしまう。

結婚どころか、恋人を探す気もなさそうだ。

「はぁ～、腹痛に襲われた方がマシでしょうね」

首を傾《かし》げたレオンに、フローラは溜息交じりに答える。

レオンとは一年ほど前、ここで偶然に会ってからの付き合いだ。

そして彼は、フローラがロマンス絵巻を好きなことや、『自分は背景でいたい論』を聞いても馬鹿にしないでくれた。

女性に人気の美形とは承知でも、堅物そうな印象を勝手に抱いていたから、意外だったが嬉《うれ》しかった。

以来、彼とは夜会の度にこうした隠れ場所で会うようになり、今では敬称や敬語もなく話すようになっている。

「夜会で落ち込むお前など、初めて見るな。そんなに情けない顔をして、何があったんだ」

レオンが隣に来て、フローラの隣にしゃがみ込む。

普段、大勢の人前にいる彼は、もっとキリリとした隙の無い感じだ。こんな風にしゃがみこんだり、仮にも貴族令嬢を『お前』なんて呼んだりもしない。

それはきっと、彼がフローラを初対面から『変な奴《やつ》』と評価し、女性とはまるで思っていないからだろう。

フローラとしても、レオンは話していて楽しい相手ではあるが、恋愛絡みには絶対に発展しないと思っているからこそ、気楽に接していられるのだ。

「聞いてくれる?」

フローラは溜息交じりに、出がけに起きた災難を話す。

「——なるほど」

聞き終わるとレオンは「少し待っていろ」と、去っていき、すぐに戻って来た。

両手に一つずつグラスを持っており、それぞれ淡いピンク色と、濃い赤紫の飲み物が入っている。

「グレーデン夫人の決断に乾杯だ。壁の花の女神も、ついに廃業する時がきたな」

「ねぇ……完全に、私の不幸を面白がっているわよね?」

ニヤニヤしているレオンを、ジト目でフローラは睨《にら》む。

フローラという名は、花の女神から頂いた名前だ。

しかし、社交場で一度も踊らず壁際に残り、すぐに姿を消すフローラを『壁の花の女神』と揶《や》揄《ゆ》する人もいる。

自分が望んでそうしているのだから、その呼び名はピッタリだと我ながら思うし、なんならずっとそのままでいたい。

それにしても、こっちは本気で窮地に立たされているのに、レオンときたら茶化《ちゃか》して面白がるなんて。薄情者と、ジト目で睨む。

「そう怒るな。いずれはこうなると、目に見えていただろう」

「そうね、乾杯！」

フローラは殆《ほとん》ど自棄《やけ》になって立ち上がり、レオンの手からグラスを一つ奪い取った。

酒にはめっぽう弱いので、葡萄酒《ぶどうしゅ》と思《おぼ》しきほうではなく、大好きな桃の香りがするピンク色の方だ。

「あっ、おい！」

レオンが焦ったような声をあげた時にはもう、フローラはグラスを傾け、一息に中身を喉に流し込んでいた。

桃の香りと甘味《あまみ》が口いっぱいに広がり、続いて全身がかぁっと熱くなっていく。

「ん……？　あれ……」

自分が飲んだのは、ジュースではなく酒だったのだと気づいたが、もう遅い。

眩暈《めまい》がしてグラスを取り落としそうになったフローラを、レオンが慌てて支えてくれた。

「ご、ごめんなさい……桃のジュースだと思ったのだけれど……」

「後で話そうと思ったが、飲み物をとりに行った時、他の客に見つかりそうになってな。急いで持ってこられたのが、桃の酒と葡萄《ぶどう》ジュースしかなかったんだ」

彼は空のグラスと自分のグラスを傍らの台へ置き、しゃがみ込んでフローラを膝に抱く。

「気分が悪いようなら、医務室に行くか？」

「いえ……大丈夫、お願いだから。もうちょっとこのまま……」

フローラは小さく頭を振り、レオンの服を握りしめた。

男性に抱きかかえられるなんて、初めての経験だ。

心臓が壊れそうなくらいドキドキするけれど、抱きしめる腕が心地いいと感じるのは、きっと相手がレオンだからだろう。

ドキドキしたら、酔いがいっそう回ったせいか、頭がふわふわしてとてもいい気分になってきた。ずっとこのまま抱きしめて欲しくなり、レオンの胸元に頬《ほお》を押し付ける。

「そ、そうか……お前が大丈夫なら、俺は構わないが」

酔っぱらい状態のフローラを心配してくれているのか、レオンがやけにソワソワした様子で視線を彷徨《さまよ》わせた。

「ありがとう。医務室に行くよりレオンとこうしている方がいいわ。だって……」

今後のことを考えると、ふわふわした気分がたちまち萎《しぼ》んでしまった。暗澹《あんたん》たる未来を想像し、じわりと涙が滲《にじ》んでくる。

「フローラ……」

「お母様は、こうと決めたら絶対なのよ！　明日には私の原稿とコレクションも全て処分されて、お見合い相手だってどうせもう見繕ってあるに決まっているわ！　それでお母様の眼鏡に適う人と結婚をして、私はもう趣味も禁止されてロマンス絵巻とは永遠のお別れを……っ！　さようなら、私の楽しい背景生活！」

　せめて次の即売会の原稿を仕上げたかった……と、嘆いていたら、レオンが呆《あき》れたような溜息をついた。

「全く。俺と会えなくなるのが寂しいとか、少しくらい可愛《かわい》げのあることを言ってくれるかと思ったら……」

「ええ～？　私の災難を笑い話にした薄情者が言う台詞《せりふ》かしら」

　少しムッとして、フローラは頬を膨らませた。

　以前は恋人観察を楽しむ為だけに、夜会へ参戦していた。けれど今では、レオンと人目を気にせずお喋りできるのが一番の楽しみになっているくらいだ。

「結婚したら、夜会には夫婦で参加するのが普通でしょう？　こうやって貴方《あなた》と気楽にお喋りできる夜会は今日で最後なのに。レオンこそ、少しくらい寂しがってよ」

　口を尖《とが》らせて文句を言うと、レオンが驚いたように一瞬目を見開いた後、ニヤリと笑った。

「それなら、いい考えがある」

「私が結婚しなくて済む方法？」

　ぜひとも教えてほしい。

　しかし、目を輝かせるフローラに、レオンは首を横に振った。

「そうじゃない。お前の趣味や性格に理解を持つ相手と結婚すれば良いんだ」

いとも簡単そうに言い放たれ、フローラはがっくりした。

「そんな人が身近にいたら、苦労しないわ」

「お前の目は節穴か？　ここにいるだろう」

レオンが顔をしかめ、自身を指した。

まるで求婚しているようなレオンの真剣な顔に、不覚にも一瞬ドキリとして、目が奪われる。

だが、そんなはずはないと、すぐに噴き出した。

いつもみたいに軽口を叩《たた》き合《あ》っている彼の、冗談に決まっている。

「じゃあ、レオン～……私と結婚してくれるの？　それにゃら万事解決ねぇ～」

酔いが本格的に回ってきたのか、頭がぼうっとして、呂律《ろれつ》が回らなくなってきた。

こうなったらもう、最後に彼とバカなことを言い合って、笑って別れるのもいいではないか。

見合いをして婚約者ができれば、たとえ友人としてでも、こうやって男性と二人きりで話し込むなんてできなくなる。

そう思ったら堪《たま》らなく胸が痛くて寂しくなったから、深く考えるのを止めた。酔いのふわふわ感に思考を委ねて、ぼうっとレオンを見上げる。

「ああ。俺と結婚すれば、万事解決だ。これで会うのは最後なんて言わせないぞ」

レオンが口の端を僅かに持ち上げて、ニヤリと笑った。

精悍で整った顔立ちの彼が、そんな表情をすると、息を呑むほど魅力的だ。

（う、わ……レオンって、本当に……絵になるというか、主人公タイプというか……）

酒で火照った頬がいっそう熱を持ち、ドキドキと心臓が激しく鼓動するのを感じながら、フローラはぼうっと見惚《みと》れた。

実の所、普段は他の令嬢の引き立て役に徹しているとはいえ、横に立っているだけでは、素敵なカップルなんて拝めるはずはない。

ミラは侍女仲間に顔が広く、あちこちの貴族家に友人がいる。

年頃の侍女にとって、貴族の噂話は格好の娯楽だ。

そしてフローラはあちこちの貴族の片思いなどを聞いたうえで、注意深く彼らを観察し、できる限り当人たちの話が弾むよう、脇からさりげなく誘導しているのだ。

簡単ではないけれど、密《ひそ》かに背中を押した人たちが仲良くなり、幸せそうに踊ったり語らったりしている光景を見られれば、眼福だと幸せいっぱいになれる。

ただ、時にはそれが不本意ながら、フローラが他人の引き立て役になって取り残された惨めな立場のように映ってしまうようだ。

レオンにも最初はそう思われていたので、自分は望んでこの立ち位置にいるのだと話した。

すると彼は随分と驚いて、フローラを『変わっている』と言ったけれど、それが悪いとは言わないでくれた。

自分と違う価値観の人間を受け入れるのは、案外難しいものだ。

それをサラリとできてしまうレオンは、凄《すご》く良い人だと思ったし、容姿も地位も申し分なく魅力的な彼には、ぜひとも素敵な恋をして欲しい。

しかし、気になる女性がいれば全面的に協力すると言ったら、フローラにお膳立てしてもらうような相手はいないと、きっぱり断られてしまったのだ。

「では、フローラ。お前も俺と結婚したいと。そう言うことで間違いないな?」

「ええ。それは最高だと思うけれど……」

——冗談だと解っているわよ。

そう言おうとしたが、急激に強い眠気に襲われて、上手《うま》く言葉がでない。自然と瞼《まぶた》が閉じていく。

ムニャムニャと言葉にならない声を発し、フローラはそのまま意識を飛ばした。


——どこか、柔らかな寝台にでも横たわっているようだ。

まだフワフワと夢現《ゆめうつつ》を彷徨っているようで、フローラは目を瞑《つぶ》ったまま、心地よい寝心地にふぅっと息を吐く。

「気分は悪くないか?」

レオンの声がすぐ傍で聞こえ、チュッと頬に柔らかな感触が落ちた。口づけをされたのかなと、ぼんやり考える。

信頼を込めた頬への口づけだって、父以外の男性からはされたことがない。

でも、霞《かすみ》がかかったように判断力の鈍った頭は、特に驚愕を覚えなかった。

それどころか、胸が甘く疼《うず》いて今まで経験したことのない心地よさを覚える。

その心地よさに浸りながら、彼の問いにコクンと頷いた。

「……私、どこに……？」

あまり呂律の回らない声で尋ねると、もう一度頬に口づけられた。

「俺と結婚すれば、万事解決だと了承しただろう？」

「え……ええ……」

「だから、俺の屋敷に連れてきた。婚約を約束した間柄なら、問題ないだろう」

「そう、なの……」

なんだか、とんでもない事を言われたような気もするが、ぼぅっとフローラは聞き流してしまった。

いつになく優しいレオンの声は、滴《したた》るような色香に満ちていた。

うっとりとして目を瞑り、されるがまま、身を預ける。

気持ち良いけれど、頭のなかがぼんやりして上手く思考が働かない。

レオンがフローラと本気で婚約とか、自宅に連れて来たとか……。

ふわふわとおぼつかない思考のなかで、どうやら自分はまだ酔って夢を見ているのだと、なんとか結論付けた。

なにしろ、フローラの趣味を理解してくれる彼に求婚されて万事解決なんて、あまりにも都合が良すぎて現実離れした話だ。

夢だから、きつく締めたコルセットや重たいドレスも、全部消え去ってしまったみたいだ。裸で寝台に倒れ込んでいるように、上質な敷布が素肌に心地いい。

「フローラ……」

レオンの囁《ささや》くような声が耳に吹き込まれ、長い指が髪を優しく櫛《くし》けずる。

きつく結われていた髪も、すっかりほどけていた。

頭部からうなじに背中と、素肌にまとわりついている髪を、指がゆっくりとなぞる。

「ん……」

少しくすぐったくて身じろぎすると、レオンの手がピタリと止まった。

「……俺に触れられても、嫌ではないか？」

不安そうな声に、フローラは薄く目を開ける。

辺りは暗く、すぐ近くにあるレオンの顔だけがやっと見えた。

いつも自信に溢《あふ》れて堂々としている彼らしくもなく、眉を顰めて、不安でたまらないような顔をしてフローラを見つめている。

「ちょっとくすぐったいけれど、レオンなら、大抵のことは嫌じゃないわ」

フローラは微笑み、レオンの頬に触れた。

異性とこんな風に触れあうなんて、当然ながら初めてだ。夢の中とはいえ恥ずかしいけれど、相手がレオンだと思うと不思議と抵抗はない。

「そうか」

レオンが嬉しそうに目を細め、フローラの顎に手をかける。

唇が重なり、じんと頭の芯が痺《しび》れるような感覚に恍惚となる。

何度も角度を変えて唇を重ねながら、彼の手がフローラの胸に触れた。

柔らかなふくらみを、丁寧に揉《も》みしだかれる。先端を指で弄《いじ》られると、背筋をゾクゾクと妖しい感覚が駆け抜けた。

「ふ……っ……あっ」

気持ち良いような、くすぐったいような。今まで感じた事のない感覚に、むずむずと身体の奥が疼き、肌が粟《あわ》立《だ》つ。

酒の火照りは殆ど冷めていたのに、触れられている所を中心に、別の熱が沸き上がっていく。

「ん……んぁ……んっ」

鼻にぬけるような甘ったるい声が、熱い吐息と共に喉から勝手に溢れて止まらない。

ぼうっと夢現だった視界が、快楽に瞳が潤んでいっそうぼやけて曖昧になる。

「お前は蕩《とろ》けた顔も、可愛いな」

レオンが満足そうに笑い、首筋に唇を移動させた。

ねっとりと薄い皮膚を舌が這《は》い、時おり軽く噛《か》まれると、ビクビクと身体が震える。

「は……ぁ……あ、あんっ！」

触れてくるレオンの手も唇も舌も、全部が気持ちいい。

頭の芯まで蕩けて、甘ったるい声がポロポロと零《こぼ》れる。

その間にも愛撫《あいぶ》され続けていた胸の先端はジンジンと赤く熟れ、レオンはそれを口に含む。

温かく濡《ぬ》れた舌が、硬く尖った乳首を巻き取るように刺激し、音を立てて吸われる。

「やっ、ああっ」

鮮烈な刺激に貫かれ、フローラはたまらずにレオンの頭を掻《か》き抱《いだ》いた。

少し硬い黒髪に両手の指を絡ませ、快楽に反応して背を弓なりに反らすと、自分から胸を押し付けることになってしまう。

もう一方の先端も指で強く摘まれ、身体の内にもどかしい熱が増えていく。

いつのまにか、彼も衣服を脱いでいた。

素肌同士が触れ合い、ゾクリと妖しい感覚が背筋を震わせる。

キスや胸への愛撫だけで、火照ったフローラの身体はしっとりと汗ばんでいたが、レオンの体温も同じくらい上がっている。

そして、太腿《ふともも》に押し当てられている彼の一部分は、他と比べ物にならないほど熱く、硬く滾《たぎ》っていた。

「あ……」

社交界に出る年頃の貴族令嬢なら、間違いを犯さぬよう性教育も事前に受ける。

処女とはいえ、それが何か解らないほど、無知ではない。

反射的に引きかけた腰を、レオンが素早く掴《つか》んだ。フローラの脚の間に身体を潜り込ませ、閉じられなくする。

「もっとよく見たい」

レオンの手が膝裏にかかり、大きく脚を開かされた。

「ひゃんっ」

淫靡《いんび》な熱は、特に下腹部を中心に溜《た》まり続けており、濡れて火照った秘所が外気に晒《さら》される。

溢《あふ》れ出《で》た蜜が、とろりと流れて内腿《うちもも》を濡らした。

夢でもさすがに恥ずかしい。

咄嗟《とっさ》に両手で秘所を隠すと、レオンが不満そうに口を尖らせた。

「俺に触れられて嫌じゃないと言うのなら、隠さないでくれ」

「で、でも……レオン……」

もう止めて、と言おうとしたのに、なぜか声が出なかった。

どうせこれは夢だ。起きたらきっと、夜会場の救護室にでも寝かされているのだろう。

ゴクリと唾を呑み、フローラはそろそろと手を退ける。

自分の恋愛には興味がないから、異性に触れられるなんて想像もしなかった。

けれど、レオンに口づけられたり抱きしめられたりしたら、凄く気持ちが良く幸せな気分になった。もっと触れてほしいとさえ思う。

淫らでも、素敵な夢だ。

親の勧める誰かとお見合い結婚をすれば、レオンとはもう気楽に会えないのだから。

レオンと結婚してずっと一緒にいられるなんて――素敵な夢くらい、見たって良いではないか。

「こんなに濡れる程、気持ち良かったのか」

レオンが上機嫌な様子で、つぅと割れ目に指を這わせる。

「や、あぁっ」

胸への愛撫とは比べ物にならない鮮烈な快楽に、目の前にチカチカと火花が散った。

花弁を弄ぶようにくちゅくちゅと指を動かされ、溢れ続ける蜜が敷布までぐっしょりと濡らしていく。

「っ……あ、あぁ……あ……」

声を殺す余裕もなく身悶《みもだ》えていると。秘所から指が離れ、代わりに熱く硬い雄が触れる。

「っ！」

ビクリとフローラが身を固くすると、レオンが苦笑した。

「残念だが、こんな有耶無耶《うやむや》な状況で処女を奪うのも、どうかと思うからな」

「……え？」

独り言のような言葉をしっかり尋ね返す間もなく、彼がフローラの腰を掴んで動き出した。

「ひっ！　ああっ！」

秘所の表面を、熱杭が擦り始める。

滑る蜜が潤滑液になり、動きに合わせて粘ついた水音が室内に響く。

硬いのに弾力のある雄の先端で、敏感な花芽をぐりぐりと押されると、息が詰まりそうな快楽に襲われた。

「待っ……レオン、あぁ……っ、んぅ、はっ……ふぁ」

激しすぎる性感は苦しいほどで、無我夢中でレオンの身体に手足を絡めてしがみ付く。

「っ……フローラ……可愛い……」

レオンが、熱に浮かされたように陶然とした声で呟き、フローラと唇を重ねた。

喘《あえ》ぐ唇の隙間から、彼の舌が侵入してフローラの舌に絡みつく。

下肢を擦られながら、口でも粘膜を絡め合うと、気持ちが良くて頭の中が真っ白になる。

「ん……ふ……ぅ……」

膣《ちつ》口を擦り上げられるたび、内襞がひくひくと戦慄《わなな》き、腰が自然といやらしく揺らぐ。

「あ、あああ！」

何度もグチュグチュと激しく花芽を突かれ、溜まっていた快楽が爆《は》ぜた。

目の前にチカチカと火花が散り、頤《おとがい》を反らしてフローラは高い声を放つ。

同時にレオンも呻き、腹に生暖かい飛沫《しぶき》が散った。

だが、既に放心していたフローラは、それに気づく余裕もない。

瞼がどうしようもなく重くて、荒い呼吸を吐きながら、意識を手放した。


再びフローラが眠りにつくと、レオンはガウンを羽織って浴室に行き、手早く湯を浴びる。

魔法の盛んなエーデルシュテットでは、魔道具の種類も豊富で価格も安い。

温水の出る魔道具を備えた浴室は、よほど貧しくない限り庶民の家にもある。貴族の屋敷なら、寝室ごとに快適な浴室がついているのが普通だ。

レオンは適度な温度の湯を桶《おけ》に入れ、脱衣所の棚からタオルをとりだして寝室に戻った。

「……他の男と見合いなど、させるわけがないだろう」

ぐっすりと眠っているフローラの寝顔を見つめ、レオンはボソリと呟いた。

出会ってから一年。ようやく想い人を手に入れたのだ。

フローラの風変りな嗜好《しこう》や性格に、最初こそ面食らったが、惹《ひ》かれるのはあっという間だった。

彼女は他人の評価や価値観に惑わされず、何が自分にとって幸せかを理解し、大切にしている。

生き生きと人生を謳歌《おうか》している彼女は、眩《まぶ》しいほどに魅力的で、見ているとこちらまで愉快な気分になってくる。

フローラと初めて会った後から、レオンはそれまで避けていた夜会へ頻繁に出向き、彼女を探し回るようになった。

彼女は本当に上手く隠れるから、最初に物陰で偶然出会ったのは、奇跡だとしか思えない。

しかしフローラと親しくなっても、レオンは彼女に特別な感情を持っているとは、なかなか言い出せないでいた。

何しろ彼女は、自身の恋愛に全く興味がない。

夜会では引き立て役に徹し、よく見れば美しい女性だと声をかけてくる男は、常に敬遠している。

『人には向き不向きがあるでしょう？　恋愛の主役は他の人にお任せして、私は背景でいたいの』

そう断言するものだから、レオンはあくまでも親しい友人として接していた。

特に言い寄るでもなく、気楽に会話を楽しむだけの関係なら、彼女は懐っこい猫みたいにレオンの傍にいてくれたから。

下手に想いを告げて気まずくなるよりはと、ずっと友人の立ち位置で我慢していたのだ。

よって、彼女にとっては酷い話だろうが、グレーデン伯爵夫人に婚活を本気でせっつかれたと聞き、絶好の機会だと喜んでしまった。

自分なら、ありのままのフローラを受け入れる。

いきなり恋愛感情を持てとまでは望まないが、好条件の結婚相手として、求婚を受け入れてくれるのではないかと大いに期待した。

フローラが間違って酒を飲んでしまった時には焦ったが、酔った彼女に、意外なほど可愛らしく縋《すが》られて驚いた。

嬉しい誤算というものだ。

しかもフローラの口から、見合い結婚をしたらレオンと会えなくなるのを惜しむようなことを聞き、胸が高鳴った。

心臓が破裂しそうなほど緊張しながら、自分と結婚すればいいと促せば、驚いた様子ながら嬉しそうに同意してくれる。

あまりに嬉しすぎて、歓喜の雄たけびをあげたくなったのを必死で堪えた。

そして酔い潰れてしまった彼女を、本来ならばそのまま家に送り届けるべきだった。

だが、レオンはそうしなかった。

もしフローラに酔っていた間の記憶がなかったり、夢だと思われていたりした場合に備えて、言い訳のできない状況を作りたかったのだ。

レオンは湯に浸したタオルを絞り、汗や体液で汚したフローラの身体をそっと拭う。

「ん……」

温かなタオルが首筋に触れると、フローラが小さく呻いた。

伏せた長い睫毛《まつげ》が震え、起こしてしまったかと思ったが、彼女はまたすやすやと寝息を立てはじめた。

呼吸に合わせ、真っ白な胸のふくらみがゆるやかに上下する。

柔らかく、適度な弾力があって、しっとりと手に吸いつくように滑らかで……。

先ほどまで、この胸に触れたり舐《な》めたりしていたのだ。

その甘美な感触を思い出し、レオンの喉がゴクリと鳴る。

もっと触れたい。もっと舐めて、吸って、しゃぶって、赤く色づいた先端を思うさま弄りたい。

欲望を吐き出したばかりの雄が疼き、無防備に眠るフローラにむしゃぶりつきたい衝動にかられる。

「っ……駄目だ」

しかし、彼女に圧し掛かる寸前で、レオンは我にかえった。

大きく深呼吸をして頭を振る。

あそこまでして今さらのような気もするが、やはり最後の一線を越えるのは、フローラの意識がはっきりしている時にしたい。

無心になれとひたすら己に言い聞かせ、手早くフローラの身体を拭く。

自業自得なのは承知でも、生殺しの気分で辛い。

何とか欲望を抑え込んで桶やタオルを片付け、ガウンを脱いでフローラの隣に横たわる。相変わらず起きる気配のない彼女を抱き寄せ、かけ布をひっぱりあげた。

互いに裸身で朝を迎えれば、いくらなんでも夢だったでは済まされないだろう。

(いや、しかし……これも……っ)

柔らかな裸身を腕に抱き、平静でいられるはずもない。

頬をくすぐるピンクブロンドの髪も、凄くいい香りがする。フローラは香水が苦手でつけないと言っていたから、ほのかに甘い香りは彼女自身のものだろう。

頭がクラクラして、蜜に引き寄せられる虫のように、彼女の髪に顔を埋めて夢中で嗅ぐ。

先ほど彼女を愛撫した感触や、艶っぽく乱れた姿が次々と脳裏に浮かんで悶々《もんもん》とするが、耐えなければ。

そして明日の朝、改めて確実に婚約をするのだ。

「フローラ……お前と出会えたから、今の俺がある」

声にならないほど、小さく呟いた。

フローラは知らないだろうが、彼女との出会いで、レオンの人生は大きく変わったのだ。

「ずっと前から、好きだった……」

温かな身体を抱きしめ、レオンは彼女の額にそっと唇を押し当てた。

# 第二章

小鳥のさえずりと朝の眩しい光に、フローラは目を覚ました。

実にすっきりとした目覚めのはずだったが、瞼を開けた途端、自分の置かれた状況に硬直した。

「起きたか」

笑顔でにこやかに声をかけたのは、全裸で自分を抱きしめているレオンだ。

そしてフローラもまた、一糸まとわぬ生まれたままの姿で、彼に抱きしめられていた。

「っ⁉　っ⁉」

蒼白《そうはく》になり、ハクハクと口を開け閉めしているフローラに、レオンが軽く片眉を顰める。

「昨夜のことを、覚えてないのか？」

「……」

しっかりと、覚えている。

夜会の会場からレオンの屋敷にどうやって運ばれたかは覚えていないが、夢だと思っていた彼との行為は、まさか本当だったらしい。

昨夜は暗くて良く見えなかったが、フローラがいるのは豪奢《ごうしゃ》な寝室で、暖炉にはアルベルム公爵家の紋章が彫られている。

やはりここは、レオンの屋敷に違いない。

「あ、あああの、それが、何というか……」

内容が内容だけに、何をしたか覚えていると、はっきり口に出すのは恥ずかしい。

混乱のあまり、どもりまくっていると、レオンが苦笑した。

「身体は簡単に拭いたが、服は着せなくて正解だったな。記憶にないとか、夢だと思われていたら困る」

次の瞬間、あっという間もなく上体を起こした彼に、組み敷かれていた。

「えっ、レオン……？」

「覚えていないのなら、再現して思い出させてやる」

ニヤリと彼が口角をあげ、獰猛《どうもう》な笑みを浮かべた。

「は？　いえ、遠慮す……んっ！」

唇を塞がれ、乳房を掬《すく》い上げるように揉みしだかれる。

先端を指で摘まれると、昨夜覚えたばかりの快楽に、身体がビクンと跳ねた。

「昨夜も思ったが、本当に感じやすいな」

レオンに耳朶《じだ》をねっとりと舐められながら囁かれ、快楽にゾクゾクと背筋が戦慄いた。

「あっ……ん、ぅ……っ」

「俺に胸を愛撫されただけで、ここを……」

彼の手がつぅとわき腹を撫《な》で、下へ移動していく。

とっさにフローラは太腿に力を入れて脚を閉じようとした。だがそれより早くレオンの指が、

腿の付け根にできた小さな隙間に、強引にねじこまれる。

熱く潤っていたそこに、クチュリと濡れた音を立てて指が触れた。

「ああ……ほら、もうこんなになっている。やっぱり感じやすいな」

「ひゃんっ！　あっ！　だめぇ！」

頭の芯まで突き抜けるような快感と、眩暈がしそうな羞恥に、フローラは悲鳴をあげた。

「お前がはっきりと答えないから、本当に覚えていないのか不安になるだろうが」

そんな事を口で言いつつ、レオンは完全に楽しそうだ。

力の入らなくなってきた太腿の合間に、大胆に手が潜りこむ。

割れ目に指を這わせて動かされると、溢れた蜜がクチュクチュと淫靡な音を立てる。

敏感な花芽も指先で突かれ、沸き上がる快楽に腰が跳ねてしまう。

「ん……ぁっ……お、覚えて、るわ……」

「何を？」

わざとらしく彼が小首を傾げ、指の動きを激しくした。

「あぁっ！　レ、レオンに……キスされて……そこ……いっぱい擦られて……全部……ぁっ、覚えて、いるからぁっ！」

レオンの手を押さえて必死に叫ぶと、秘所を弄る指が止まった。

「それならいい」

動かさなくとも手はあらぬ箇所に置いたまま、レオンがにこやかに笑う。

「……貴方はもっと堅物だと思っていたわ。夜会で酔った女性を家に連れてくるなんて、いつもしているの？」

はぁはぁと荒い呼吸を繰り返しながら、フローラは彼を睨んだ。

奔放に遊ぶ貴族令嬢も珍しくないが、どう考えてもこれは、褒められた行為ではない。

「今回が初めてだし、お前が俺との結婚に欠片も興味を見せなければ、こんなことは絶対にしなかった」

レオンは抗議の視線をものともせずに、肩を竦めてみせる。

「それとも、お前の言葉を全てが酔っ払いの戯言《たわごと》と受け流し、俺に絡んだあげくに夜会で眠り込んでしまったと、家に送り届けた方が良かったか？」

「うう……」

フローラは呻いた。

招待先で酔い潰れたなんて、父なら初回は苦笑で注意するくらいに留《とど》めてくれるかもしれないが、母は間違いなく激怒する。

何時間もお説教のフルコースで、それこそ二度と社交場には一人で行かせないと、堅物とのお見合いまっしぐらだ。

「でも……私と結婚なんて……本気なの？」

「本気でなければ、こんな真似《まね》をするはずがないだろう」

レオンが眉を顰め、長い指がフローラの下肢を再び弄り始める。

「あっ、あんっ！　あっ！」

ビクビクと戦慄くフローラの顎を掴み、レオンが口づけた。

喘ぐフローラの舌を甘く噛み、口腔《こうこう》を舐《な》め回す。

「んっ……ん、うぅ……」

愛撫の快楽と酸欠で、頭がぼぅっとしてどうにかなりそうだ。

殆ど力の入らない手で彼の胸をペシペシ叩くと、やっと口づけから解放された。

しかし、彼はフローラを離すことなく、耳朶を食《は》みながら、ツプンと蜜口に指の先端を潜り込ませる。

「ひぁっ」

昨夜、表面は散々に擦られたが、中には指一本も入れられなかった。

埋め込まれた指先を、小さな膣穴がヒクヒクと反射的に締め付ける。

ほんの僅かとはいえ、生まれて初めて異物を入れられた違和感は強い。フローラはきつく目を瞑って、身を固くした。

「ぅ……あ……ぁ……」

「お前がその気なら、今すぐに続きをするぞ」

「つ、続き……？」

「昨日はお前が寝惚《ねぼ》けているようだったから、最後までするのは我慢したんだ。だが、求婚が本気だと信じないのなら、このまま抱く」

薄く目を開ければ、間近に迫るレオンは薄く微笑み、両眼にギラギラと物騒な光を湛《たた》えていた。まるで、世にも美しくて獰猛な肉食獣を前にしているような錯覚に陥る。怖いのに、強烈に惹きつけられて目が離せない。

「フローラ……嫌なら本気で拒め」

レオンの唇が耳元に寄せられ、吹き付けられる吐息と甘い声が、ズクリと腰の奥に響く。

混乱しながら彼の色香にくらくらと当てられ、上手く言葉が出ない。

（どうして、レオンが私を……？　それは、親しくしてはいたけれど……）

フローラが口をパクパクさせていると、彼が指を抜いた。

ホッとするのも束《つか》の間《ま》、彼の手が太腿の裏にかかる。

大きく脚を広げられそうになった瞬間、不意にフローラはとても重要なことを思い出した。

「っ…………あっ‼　無理だったわ！　駄目、駄目っ！　結婚相手にレオンは論外！」

必死に叫ぶと、レオンがピタリと動きを止めた。

「っ……そ、そこまで言う程、嫌だったのか……」

彼は背後からぶん殴られたように目を見開き、蒼白になっている。

「あ……言い方が悪くて、ごめんなさい。それは、つまり……」

「無理……駄目……論外……」

「わあああ！　聞いて！　レオンが嫌いとかではないのよ！」

魂が抜けたような顔で虚ろに呟く彼に、慌ててフローラは弁解する。

本気で拒めと言われてはいたが、咄嗟とはいえ、もう少し言い方に気を遣うべきだった。

急いでかけ布を裸身に巻き付け、寝台の上でレオンと向き合って座った。

「私はグレーデン伯爵家の一人娘なの。結婚して婿をとるか、私自身が当主になっていずれ養子を迎えるかしなければいけないでしょう？」

彼ほどの人物から求婚をされれば、急な展開に多少の疑問を持っても、大抵の女性は二つ返事で了解するだろう。

フローラも、彼の懐の深さや人柄は大好きだ。

なによりも昨日に言われたように、今後も趣味を心置きなく行うなら、彼のように理解ある相手は理想的だと思う。

ただ、今では貴族階級も政略の関係ない自由な結婚が主流とはいえ、家督や跡継ぎといった問題は、どうしても最優先される。

「レオンは公爵家の当主なのだから、そういう前提条件で、結婚相手には論外だったという意味なの」

深々と、フローラは頭を下げた。

「なんだ、それなら心配するな」

ところが、レオンはなぜか安堵《あんど》したように息を吐き、額の汗をぬぐった。

「お前に求婚をしたので今夜は屋敷に泊まらせると、昨夜のうちに、グレーデン伯爵家には使いを送っておいた。ご両親が反対なら、その時点で迎えにくるなりしたと思うが」

「ええっ⁉」

引き立て役に徹して夜会を楽しんでいるのは両親に秘密だったから、レオンと隅っこで親しくしていることも、ミラにしか教えていない。

それが急に、レオンからの求婚なんて、両親は寝耳に水とばかり驚いただろう。

色々とグチャグチャな状況に混乱していると、レオンが溜息をついた。

「残念だが、お前を抱くのはもう少しお預けだな。そんなに不安そうな顔をされては、その気になれない」

「レオン？」

「支度ができたら、グレーデン家に行くぞ。お前との結婚承諾を正式に頂けるよう、一刻も早く伯爵夫妻に申し込む」

そう言うと、彼はサイドテーブルに置かれていたガウンを身に着けてメイドを呼び、部屋からでていった。

部屋にきた数人のメイドは、手際が良く感じの良い者ばかりだった。

フローラは湯浴《ゆあ》みを済ませると、用意されていた品の良いドレスに着替える。

ここに来たのは初めてなのに、なぜ自分に合うサイズの服があるのか不思議に思ったら、昨夜のうちにレオンが手配してくれたそうだ。

しかし、丁寧に身支度をされながらも、モヤモヤした疑問がフローラの胸にくすぶる。

(私はあくまでもレオンの友人で、恋愛関係としては対象外だと思うのだけれど……本気で求婚なんて、どうしていきなりそんな事になったのかしら？)

いくら考えてもわからない。

髪を綺麗《きれい》に結ってもらい身支度が済むと、部屋に運ばれた簡単な朝食をとり、レオンと公爵家の馬車に乗りこんだ。

早朝の街中を、馬車は軽快に走り出す。

レオンの屋敷は王城に近いので、郊外にあるグレーデン伯爵家の街屋敷まで、少し距離がある。

見慣れた大通りを馬車が横切り、フローラが緊張に身を固くして窓の外を眺めていると、向かいに座るレオンが噴き出した。

「やけに神妙な顔をしているじゃないか」

「なにしろ、人生初の朝帰りだもの。お父様たちに、どんな顔をして会えば良いのか……」

「きちんと連絡はしたのだから、堂々としていればいい」

「そうあっさりと開き直れないわよ」

家に帰るのがこれほど気まずいのは、子どもの頃にこっそり街へ遊びに出たのがバレた時以来だ。

あの時は両親を相当に心配させ、使用人が総出で捜し回ったそうで、迷惑をかけた全員に謝った。

しかし、今回はきちんと連絡をしたとはいえ、異性と一夜を共にしてきましたと両親に告げているわけだ。

気まずいこと、このうえない。

最近では恋愛結婚が主流なこともあり、夜会の後で気の合う相手と逢瀬《おうせ》を楽しむ貴族令嬢も普通だが、フローラはそういった経験とは今まで無縁だ。

おまけに、やはりレオンが自分に求婚する理由が今一つ解らないのも、頭を悩ませる。

「っ……レオン。単刀直入に聞くわ。どうして私に求婚したの？」

先ほどフローラが身支度をしている間に、レオンは急遽《きゅうきょ》グレーデン家に使いを出し、フローラを送り届けると同時に、婚約の許しを願いたいと連絡したそうだ。

こうなったらもう気まずいとか悩み続けるより、本人にはっきり問うべきだ。

「今さら何を言っているんだ？　好きだからに決まっているだろう」

レオンがポカンと目を丸くし、面食らったように答えた。

「でも、貴方ならもっと良い女性を、いくらでも選べるでしょうに……」

彼との付き合いをよく思い返しても、フローラに対しては気楽な友人という関係がピッタリだ。

それよりも、是非ともレオンの妻になりたいと、彼に熱烈な想いを寄せる美女は大勢いる。

「他に結婚したい女性はいない。急で驚かせたのは認めるが、こうでもしなければ、お前は見合いをさせられていたのだろう？」

「あ……」

なるほどと、瞬時に合点がいった。

昨夜、酔ったフローラが、レオンとこうして夜会の隅でお喋りするのも最後だと愚痴ったら、彼は急に自分と結婚すれば解決と言い出した。

恋愛対象の女性はどうせいないからと、自分が求婚する事で、フローラとの友情を続けようとしてくれたのではなかろうか。

情けなくしょげていたフローラに、親愛と同情から手を差し伸べたと……そういう意味なら、この急な展開にも納得できる。

家督問題までは頭が回っていなかったようだが、フローラだってあの時は微塵も思い出さなかった。

ただ、純粋にレオンとこれからも一緒にいられたら最高に幸せだと、ふわふわした気分の中で物凄《ものすご》く嬉しく感じた。

「レオン……ありがとう」

向かいに座っているレオンの手をとり、ぎゅっと握りしめた。

意識のない自分を寝台に連れ込んでも純潔は奪わず、翌朝に結婚の意思をしっかり確認したのも、これなら納得だ。

彼も公爵家の当主として、跡継ぎが必要な立場である。

友情関係とは言え、結婚すれば夫婦の営みも必然だ。フローラにそれができるか確認したかったのかもしれない。

やや強引なやり方だったとは思うものの、ちゃんとこちらの意志を聞いて、最後まではしないでくれた。

フローラもとっさに断るのに酷いことを言ってしまったから、お互い様にしてもらおう。

「やっぱり結婚については、まずお父様とお母様の意見を尊重するけれど、レオンの気持ちは凄く嬉しいわ」

「そ、そうか……それならば、良かった」

照れ臭かったのか、レオンはそっぽを向いてしまったが手は離さず、軽く力を込めて握り返された。

やがて馬車は自宅に着き、フローラはレオンにエスコートされて玄関の階段を昇る。

エントランスホールには、家令と正装した両親が待っていた。

「アルベルム公爵、お待ちしておりました」

父が丁寧なお辞儀をすると、レオンも胸に手をあてて返礼をする。

「急な訪問をお受け頂き、心より感謝いたします」

さすがは王家出身というところか。レオンの仕草は指先一つに至るまで洗練された雰囲気を醸し出し、見るからに気品に溢れている。

気楽に軽口を叩き合えるレオンはもちろん好きだが、こういう公の場での彼も非常に魅了的だ。

まさに完璧な貴公子で、多くの令嬢がうっとり見惚れるのも納得だ。

もっとも、つい昨日までフローラは、彼が恋愛するとしたら相手は高貴な美女が相応《ふさわ》しいと思い、自分は背景になって麗しい美男美女を眺める気だったのだが。

しかし、誰しもが恋愛をする権利もあれば、しない権利もあると思う。

レオンが恋愛をする気がないのなら、自分ではつり合わないのは重々承知でも、彼と仲良く暮らす間柄になりたい。

応接間に入り、フローラとレオンは両親と向かい合わせに腰を下ろす。

「それでは……昨夜、レオン様は娘に求婚なさったとお伺いしましたが。フローラが我が家の一人娘なのはご存じですね？」

明らかにソワソワしていた父が、覚悟を決めたようにレオンをきっと見据え、開口一番にズバリと言った。

「はい。彼女とは一年ほど前から、夜会でよく顔を合わせていました。彼女との会話はいつも楽しくて癒《いや》されるので、ダンスホールには行く気になれなかったのです。とはいえ、一度も踊りを申し込まなかったのは失礼だったと思いますが……」

レオンが、真剣なまなざしをフローラの両親に向けた。

「彼女には婿取りが最良だと承知していますが、見合いをすることになりそうだと聞き、居ても立ってもいられなくなってしまいました。フローラが他の男性と結ばれ、私とは会えなくなる未来を想像したら、耐えられなかったのです」

「まぁ……」

沈痛なレオンの言葉に、母が息を呑んで扇を口元にあてた。

母は、小説やロマンス絵巻など、架空の恋愛には興味がないが、現実の恋話には目がない。

「そちらの跡取り問題を考えれば、私は身を引くべきだったのでしょう。ですが思わず求婚してしまったところ、彼女も私との結婚が可能なら喜ばしいと言ってくれたので、この件をよく話し合うために屋敷へ来ていただいたのです」

――よくもまぁ、スラスラとそこまで事実を美化できるものだ。

真剣な表情で切々と訴えるレオンに、フローラは心の中で盛大に突っ込んだ。

確かに、嘘《うそ》ではない。

一年前から、レオンとは会うたびに楽しくお喋りした。

そして昨夜、見合いをさせられると愚痴ったら求婚をされ……酔っていたとはいえ、レオンと結婚できたら万事解決と言ってしまったのだから。

「そうでしたの……フローラを想ってくださる方がいると知れば、私とて見合いを強要する気はありませんわ。肝心なのは我が子の幸せですもの」

一方で母は、レオンの言葉に感じ入ったように、両眼を潤ませている。

父は、そんな母を横目で見つつ、コホンと咳《せき》払いをした。

「フローラ」

「はい！」

唐突に呼ばれ、慌てて居住まいを正す。

「実は昨日、レオン様からお前を屋敷に泊めると使いが来た時、ミラにも話を聞いた。本当に親しくしていたようだと聞かされて、驚いたよ」

「ミラに……」

「ええ。だって貴女、レオン様と親しくしていらっしゃるなど、一度も私達に話してくれなかったでしょう？　私が叱ったのが原因で、何かあったのかと心配だったのよ」

しょんぼりと眉を下げた母の肩を、父がさりげなく抱き寄せた。

「フローラも家のことを心配してくれるのは嬉しいが、娘の幸せより家門を優先するなど、あり得ない。お前がレオン様の求婚を受けて幸せになれると言うのなら、私達は心から祝福するよ」

「そうよ。貴女が計画していたように、遠縁から跡継ぎをとるという選択は、私達にだってあるんですからね」

「……ありがとう。お父様、お母様」

涙ぐみそうになり、フローラは俯《うつむ》いて瞬《まばた》きをした。

それなりに親子喧嘩《げんか》や反抗もしてきたし、趣味を理解してもらえないと嘆いたりしたけれど、いつだって大切に愛されてきた。

この家の娘に生まれてよかったと、しみじみ思う。

「レオン様の求婚を、お受けしたいと思います」

晴れ晴れとした気分で宣言すると、テーブルの下でレオンにそっと手を握られた。

「……やっと、手に入れた」

「え？」

彼が小さな声で何か呟いたが、よく聞こえなかった。

「いや、なんでもない。これで無事に婚約ができたな」

レオンはハッとしたように苦笑し、改めてフローラの両手を握りしめる。

「フローラさえ良ければ、なるべく早く式を挙げたい。そうだな……準備を最短で進めれば、三ヵ月先にはできるだろうが」

そう言ったレオンはとても勢い込んでおり、彼自身は早く式を望んでいることが、ありありと伺えた。

「私は、早くても構わないわ」

フローラは頷いて答えた。

レオンは現在、総騎士団長の役職に加えて王太子の相談役も兼任している。

多忙な彼が結婚式を急ぎたいと言うのは少々意外だったが、仕事で忙殺される時期を避けたいなどの都合もあるだろう。

レオンに求婚してもらって助かった以上、こちらもできる限り、彼の希望には応えるつもりだ。

チラリと両親を見ると、二人も嬉しそうに微笑んでいる。

「では、決まりだな！」

やはり、式を早く片付ける方が、彼の都合に合っているようだ。

レオンがパァッと輝くような満面の笑顔になり、それを見た瞬間、フローラの心臓がドキリと跳ねた。

無邪気とすら言えるような笑顔は、普段の落ち着き払って堂々とした姿からは意外だけれど、そこがまたいい。

いくらでも眺めていたくなるくらい、魅力的で惹きつけられる。

ともあれ、今すぐに式の準備や打ち合わせができるわけではない。

本格的な打ち合わせはまた後日となり、フローラは見るからに張り切った様子のレオンを、感謝を込めて見送った。


初夏を迎えた王都で、フローラが結婚式を行う日は、気持ちの良い晴天に恵まれた。

青空に白い雲が綺麗なコントラストを見せ、教会の手入れされた花壇も陽光の下、いっそう美しく咲き誇っている。

「――これで怒涛《どとう》の日々も一段落ね」

花嫁の控室で、婚礼衣装に着替えたフローラは、仕上げに髪を結っているミラに話しかけた。

「お疲れ様です。物語での結婚式なら見て楽しいだけですけれど、実際には準備が山積みなんですね」

ミラが感慨深そうに頷く。

両親の前でレオンと正式に婚約を交わした日から、目の回るように忙しい三か月だった。

何しろ、臣籍降下したとはいえ、レオンは国王夫妻の次男には違いない。

結婚式は王都の大聖堂で盛大に行い、その後は魔法の透明屋根で囲われた庭園で酒宴を開く。

グレーデン伯爵家でも年に何度か宴席を設けるが、桁違いの規模だ。

そしてまた、引っ越し準備もある。

彼は、フローラが身一つで嫁いでも良いくらいに部屋を整えてくれているそうだ。

でも、お気に入りの小物やドレス、思い出の品など、持っていきたいものは幾つもある。

もちろん、離れにあるロマンス絵巻の関連物も全部、持っていかなければならない。これは特に、自分とミラだけで箱詰めをしたから大変だった。

「引っ越し支度やら色々とあって、ミラにも随分と負担をかけてしまったわね」

「そんな、私とフローラ様の仲じゃありませんか。それより、フローラ様とお呼びするのも今日で最後とは……うぅ、名残おしくございます」

ミラはフローラの髪を華やかに結いあげ、宝石の髪飾りを止めると、櫛を置いてクスンとすすり泣く真似をした。

わざとらしい小芝居をするミラに、フローラは噴き出しそうになる。

「今生の別れみたいに言わないで。嫁いだら『奥様』になるのは確かだけれど、ミラには今まで通りに呼んでほしいわ」

貴族の娘が嫁ぐ時には大抵、実家から腹心の侍女を伴う。

フローラが公爵家に一緒に来てほしいと頼むと、ミラは快く了承してくれた。

公爵夫人となれば、社交も格段に増えるうえ、屋敷の管理など様々な仕事もこなさなくてはならない。

不安はあるが、有能で気心のしれたミラが一緒に来てくれれば心強いというものだ。

「では、お言葉に甘えさせていただきます」

ミラがにこやかに言った時、控室の扉がノックされた。

「フローラ、もう入ってもいいか？」

レオンの声が聞こえ、フローラはたちあがった。

エーデルシュテットの結婚式は、まず花婿が一人で花嫁を迎えに行き、そこから腕を組んで礼拝堂に向かうのだ。

「ええ。どうぞ」

返事をすると、扉が開いて軍の正装姿をしたレオンが入って来た。

「…………」

濃い臙脂色《えんじいろ》に金の縁どりをした軍服に、騎士団長の地位を示すマントを羽織ったレオンを見て、フローラはビキリと固まった。

軍職にある彼は、白い礼服ではなくこの正装で式を行うとは聞いていたが……。

——うわあああああ！！　素敵ィィ————っっ！！！！！！

余りの衝撃に、口をパクパクさせて、心の中で声にならない叫びをあげる。

「良かったですね。軍服で黒髪短髪……フローラ様の好み、ど真ん中じゃないですか」

主人の好きなロマンス絵巻を熟知しているミラに、ひそひそと小声で囁かれるも、ドクドクと動悸《どうき》が激しくなってそれどころではない。

実の所、レオンの軍服姿を見るのはこれが初めてだ。

長身で凛々《りり》しい顔立ちのレオンなら、さぞ軍服が似合うだろうと思っていた。

だが、彼は基本的に軍服で出仕しているそうだけれど、フローラは頻繁に王宮を訪れるわけでもないので、日中に顔を合わせたことはない。

王宮行事に招待されても、彼が軍の正装で表に立つ時に限って、フローラは風邪をひいて欠席したりなど、とにかく間が悪かったのだ。

よって今まで、フローラはレオンの宮廷服や夜会服、それに私服姿しか見たことがなかった。

しかし、これまでの間の悪さは、この日の為にあったのだと思う。

きっと神様が、結婚式という特別な日のお楽しみに、最高の萌《も》えをプレゼントしてくださったのだ。

——生きてて、よかった。

興奮しすぎて頭に血が昇り、フローラは恍惚の表情でよろめいた。

「フローラ様⁉」

「どうした⁉」

ミラと駆け寄ってきたレオンに支えられ、うっとりと天井を仰いで呟く。

「神様、ありがとう……私の生涯に悔いはありません……」

実際に見たレオンの軍服姿は、想像していたよりも、遥《はる》かに素晴らしい。眼福過ぎて、目が潰れそうだ。

「これから新婚生活をなさるのに、何をおっしゃるんですか！」

だが、ミラの鋭いツッコミに、フローラはハッと我にかえった。

（そうだわ。もしかしなくても、レオンと結婚したら、この軍服姿を毎日拝めるのよね？）

新婚夫婦となって、同じ家に暮らすのだ。毎朝、軍服に着替えた彼の姿を堪能できるではないか。

頼み込んで、あらゆる角度から眺めてスケッチさせてもらおう。ぜひともやってもらいたいポーズもある。

（手袋の着脱は基本よね！　マントを大きく翻したりとか、肩越しに振り返るとか……）

たちまちフローラの中に、色鮮やかな妄想が浮かぶ。

「フローラ、苦しそうだが大丈夫か？　具合が悪いのなら、今すぐに医者を呼んでくるぞ」

興奮してつい、ハァハァと鼻息が荒くなったフローラを見て、レオンが心配そうに言った。

「いえ……大丈夫……」

「だが、呼吸が荒いぞ」

間近で顔を覗《のぞ》き込《こ》まれ、いっそう動悸が激しくなる。

「そ、それは……」

「それに顔も赤い。熱があるんじゃないか？」

レオンは純粋に、心配してくれたのだろう。

だが、コツンと額を合わせて熱を測られた瞬間、フローラの興奮はもはや限界に達した。

「――――っ！」

一気に顔が熱くなり、鼻の奥がツンとして生ぬるい液体が溢れるのを感じる。

「フローラ様、失礼します！」

幸い、フローラが慌ててレオンから顔を背けたのと同時に、主の危機を察したミラがハンカチを鼻に押し付けてくれた。

「助かったわ。ありがとう、ミラ」

「婚礼衣装は無事ですが、お化粧は急いで直しましょう。お湯とタオルを持ってきます」

ミラが急いで部屋を出て行き、フローラはハンカチで顔を抑えたまま、気まずい思いでレオンに振り返った。

「ごめんなさい。体調不良ではないわ。少し興奮しすぎて鼻血が出てしまったの」

何とか婚礼衣装を鼻血で汚さずには済んだものの、情けない姿を見せてしまった。

「そ、そうなのか……？　体調が悪くないのなら結構だが……」

レオンが戸惑い気味に首を傾げた。

当たり前だ。結婚式を迎えて歓喜に涙ぐむ花嫁ならともかく、興奮して鼻血を出す女なんて、フローラも聞いた事がない。

「その……言い訳になってしまうけれど、初めて見たレオンの軍服姿が最高に素敵すぎたのよ」

こうなった原因を白状すると、レオンが驚いたように目を見開いた。

「俺が原因？」

「あっ、誤解しないで！　レオンのせいにするつもりは微塵もないわ」

慌ててフローラはつけくわえた。

「これは私の問題よ。レオンは中身も外見も素敵な人だと知っていたけれど、軍服を着るといっそう凛々しくて、思っていた以上に私の好みのど真ん中だったの！」

あたふたと説明するも、レオンはますます困惑したように視線を彷徨わせる。

「では、つまり……フローラに絶賛されていると受け取っていいんだな？」

「そうよ！」

力いっぱい頷いた。

「そ、それなら、ありがたく賛辞を受け取っておく」

レオンが照れ臭そうにそっぽを向いた時、扉がノックされた。

「フローラ様。もう時間がありませんから、急ぎましょう」

湯とタオルを入れた洗面器を持って、ミラが戻ってきた。

「申し訳ないけれど、すぐに化粧を直してもらうから、少しだけ外で待っていてくれるかしら」

「ああ。わかった」

レオンが頷いて部屋を出ていくと、フローラは化粧台の椅子に座り。ハンカチを顔から外した。

鼻血はなんとか止まっていたが、鏡で見たら鼻や口の周りが酷いことになっている。

「わぁ……これで人前には出られないわね」

「心配いりません。ドレスさえ汚れなければ、今からでも化粧直しくらいできます」

ミラはタオルを湯に浸して絞ると、手早くフローラの顔を拭いて、化粧をやり直しはじめた。

「フローラ様が興奮なさるのも無理はありませんよ。軍服姿のレオン様は、ディートハルトが絵巻から抜け出て来たのかと思う程、そっくりでしたし」

手は休めないまま、ミラが鏡越しにニヤリと笑う。

「う……まぁ、ね」

フローラは脳裏に、お気に入りの絵巻を思い浮かべる。

ディートハルトとは、数あるロマンス絵巻の中で、フローラの最推しキャラクターだ。

【私の騎士と僕の姫】という、即売会にて伝説級の売り上げを打ち立てた名作のヒーローで、ヒロインのアメリアを一途《いちず》に想い続ける騎士である。

既に完結しているが、あまりに人気が高いので続刊を望む声が絶えず、ファンに二次創作の絵巻が作られていたりするくらいだ。

それはともかくとして。前々からレオンがディートハルトに似ているとは思っていた。だが、軍服を着るといっそう精悍さが際立つせいか、ミラの言う通りにそっくりだ。

しかも、ディートハルトが熱を出したヒロインを心配して額を合わせるのは、ファンの間でも特に人気の高い名シーンである。

いきなりそれをやってくるとは……こちらの理性を軽々と粉砕する、凄まじい破壊力だ。

「でも……改めて思うと、物凄く複雑な気分になってきたわ」

ボソリと呟くと、ミラが首を傾げた。

「何が複雑な気分になったのですか？」

「だって、ディートハルトはアメリアに一筋なのが良いのに！」

くわっと目を血走らせて熱弁する。

「私はアメリアになりたいんじゃなくて、二人の幸せを応援する立場なのよ！」

そう。ロマンス絵巻を好きな女性には、大きく分けて二種類いる。

ヒロインに自分を重ねて楽しむタイプと、あくまでも傍観者としてヒーローとヒロインの恋を楽しむタイプだ。

そして、フローラは完全に後者である。

「こんなの、解釈違い……っ」

「全然落ち着かれていないではありませんか。とりあえず現実に戻ってください」

冷ややかな突っ込みとともに、ペチンとミラに軽く頭を叩かれた。

全然痛くはないが、それでもミラはよほどフローラが萌えに我を忘れていなければ、こんなことは決してしない。

「申し訳ありません。私も、そっくりだなどと言ってしまいましたが、それは見かけだけの話です」

溜息交じりに言われ、ようやく我にかえった。

「そ、そうね……レオンはレオンだもの」

確かに、ディートハルトはレオンをモデルにしたのではと思うくらいにそっくりだが、彼は架空の人物なのだ。

「その通りです。さぁ、できましたのでレオン様を呼んでまいります」

ミラが化粧ブラシを脇に置き、扉の方に歩いていく。

(大丈夫、大丈夫……今度は心の準備をしっかりしておくもの)

フローラは立ちあがり、目を閉じて深呼吸をする。

レオンは架空のキャラクターとは別人ではあるが、萌え殺されそうに魅力的なのは間違いない。

そんな最推しにそっくりな彼と、これから祭壇の前で婚姻の誓いを立てるなんて、また興奮して鼻血を噴いてしまいそうだ。

　大恥をかくどころの騒ぎではない。レオンにも大迷惑をかけてしまう。

（平常心を保てば大丈夫。そう……万が一にまた鼻血がでても、急な体調不良だと落ち着いて誤魔化せば……）

　必死に自分で言い聞かせていると、扉が開いてレオンが入ってきた。

「待たせてしまって、ごめんなさい」

　謝ると、彼が照れ臭そうに頭を掻《か》いた。

「気にしないでくれ。体調が悪くなかったのならなによりだ。それに俺も……フローラの花嫁姿が想像以上に綺麗で、柄にもなく緊張しているからな」

「そういえば、レオンもこのドレスを見たのは今日が初めてだったわね」

　フローラは、スカートの布を少し摘まんで見せた。

　動きに合わせて純白の花嫁衣裳《いしょう》が揺れ、窓から差し込む陽光を反射してキラキラと輝く。

　縫い付けられた無数の宝石は、小粒ながら最上級のダイヤモンドだ。

　だが、このドレスの美しさは、使われている布が特別だからこそ。

　花嫁衣裳のドレスに使われている白布は、隣国オルディアスで作られた特殊な織り方をしたものだ。最上級の絹よりも遥かに高価な希少品らしい。

　しっとりとした高級感を感じさせる布の光沢が、宝石をより美しく輝かせている。

急ぎの結婚式だというのに、そんな希少な布をどうして婚礼衣装に使えたかといえば、レオンの所持品だったからだ。

――隣国オルディアスは、エーデルシュテットと昔から仲が悪く、以前は交易もなかった。

とはいえ、エーデルシュテットの現国王は穏健な人柄で、若くして即位してからというもの、オルディアスとは平穏な関係を願っていた。

両国の力は互角で、戦のたびに互いに死傷者と荒れた地が増えていく。

過去の遺恨を忘れるのは難しくても、未来を考えれば負の連鎖を続けるより、争いを止めて交易をした方がいいと考えたのだ。

その考えに、王太子とレオンを始め賛同する者はいたが、反対派の方が多かった。長年の敵にこちらから手を差し伸べたら、足元を見られるだけというのが彼らの言い分だ。

加えて、オルディアス王も友好の親書をことごとく無視するので、和平はなかなか上手くいかないでいた。

それが変わったのは、三年前の出来事がきっかけだ。

両国の国境で魔物の大量発生が起こり、当時まだ第二王子であったレオンが騎士団を率いて救援に駆け付けた。

オルディアスも同じように国境の村へ救援の軍を送ったが、こちらは大量発生した魔物が弱い生物だからと侮っていたせいで、窮地に追い込まれていた。

弱い生物でも、数が集まれば脅威になる。

それをよく理解していたレオンの巧みな指揮により、オルディアス軍は危うい所を救われ、両国の民の被害も最小限で収まった。

その時に、オルディアスの軍を率いていたのが、かの国の王子だったのだ。

オルディアス国王は息子と自軍を救ってくれたと、レオンに深く感謝を示し、今後はエーデルシュテットと友好関係を築くことを約束した。

和平に反対していたエーデルシュテットの家臣も、こうしたきっかけでの和解なら対等な立場でいられると大半が意見を変えて、両国の長い険悪な関係は終止符を打った。

そして無事に和平条約が交わされた際、オルディアス国王はこのきっかけを作ってくれたレオンにと、この希少な布を直々に贈ったという。

つまり、この花嫁衣裳のドレスに使われた布は、レオンにとっても思い出深い一品というわけだ。

結婚式を急いだ関係で、ドレスが仕立てあがったのは、昨日の夕方遅くというギリギリの時間だった。

それでも王宮御用達《ごようたし》の職人が総出で頑張ってくれなければ、これほど早く、また見事な仕上がりにすることは不可能だっただろう。

フローラと両親は、届けられたドレスを一目見るなり、その美しさに息を呑んだものだ。

レオンも、とっておきの布地がこんなに綺麗なドレスになったと感激し、汚さないようにと緊張するのはもっともだと思う。

「なにしろ、オルディアスの秘蔵の布地でつくった花嫁衣裳だものね。うっかり汚してしまわないか、私も気後れしてしまったくらい。レオンが緊張するのも解るわ」

苦笑していうと、なぜかレオンが困惑したように眉を下げた。

「俺はドレスを褒めたのではなく、フローラが綺麗だと言ったつもりだ」

「……え？」

驚いて、思わず目を見開いた。

普段の夜会では、目立たないようにわざと地味に見える化粧をミラに施してもらっているが、フローラはどちらかといえば母親似だ。

本来の自分の容姿が、それほど悪くないのは知っている。

それにレオンも初対面の時から既に、フローラがわざと地味な装いをしているのを見抜いた。

でも、それから彼は一度もフローラの容姿に言及したことはない。

「……それよりも、式が始まるぞ。行こう」

戸惑っていると、コホンとレオンが咳払いをし、腕を差し出した。

「ええ」

ドキドキと胸が高鳴るのを感じながら、フローラは彼の腕に手を預ける。

彼は、フローラが結婚問題で困っていたのをみかねて求婚してくれたわけだが、仮にも自分の花嫁ということで、大袈裟《おおげさ》に褒めてくれたのだろうか。

（多分、そうだと思うけれど……）

フローラを喜ばせようとお世辞を言ったにしろ、本当に綺麗だと思ってくれていたにしろ、どちらにしても素直に嬉しい。

そしてまた、心臓の奥がムズムズするような、今まで感じた事のない歓喜にも似た感情がこみ上げてくる。

また頬が赤くなってきそうでレオンから視線を逸らすと、傍にいるミラが、うっとりとこちらを眺めているのに気づいた。

彼女はフローラと同じく、自分で恋愛をする気はないが、幸せそうなカップルを見るのは大好きだ。

夜会でレオンに愚痴った末、うっかり酔い潰れてしまったことを、ミラには全て包み隠さず伝えてある。

しかし、彼女はそれを聞いたものの、レオンはフローラの窮地をみかねて求婚してくれたのだろうという考えには、首を傾げた。

新居に引っ越しする為に、二人で離れの荷造りをしている最中、こんな会話を交わしたものである。

『――いくら友人でも、そこまでするお人好《ひとよ》しはいないと思いますよ。普通にレオン様は、前からフローラ様がお好きだったんじゃないですか？』

『でも、今までレオンからそんな素振りは見せられなかったし、彼も言っていたわ。急で驚かせただろうが、こうでもしなければ私は見合いをさせられていたってね』

大量のロマンス絵巻をせっせと箱詰めしながらフローラは言い、付け加えた。

『私だって、あの状況で逆の立場なら、レオンに求婚したと思うわ。自分が求婚すれば助けられるんだもの』

『うーん……フローラ様なら変な所で思い切りが良いから、そういう手段を躊躇《ためら》わないのも解りますけど……』

『とにかく、今まで恋の気配なんてさせなかった友人が、実は自分に恋していた……なんて、それこそ夢みたいなお話じゃない』

フローラはちょうど手にしていた、お気に入りのロマンス絵巻――【私の騎士と僕の姫】の一巻をもちあげて見せる。

男勝りの剣の使い手で、お見合い相手を次々と倒しては両親を悩ませる王女アメリアが、ずっと良きライバルで親友と見ていた騎士ディートハルトから、唐突に求婚されて戸惑うという話だ。

こういう設定は大好きだが、現実はそこまで甘くないと思う。

ミラもそれ以上は特に食い下がらなかったが、礼儀正しく立ちながらも、よく見れば微かにうっとりと泳いでいる目……同じ趣味の者は誤魔化せない。

あれは絶対に、脳内で妄想を楽しんでいる。

（ああああああっ！　間近で軍服姿のレオンを見られるのも良いけれど、遠くから全体も観たい！）

自分が二人いないのが惜しいと思いつつ、レオンにエスコートされてフローラは控室を出た。

礼拝堂まで、結婚する二人だけで歩くのが習わしとはいえ、廊下には衛兵が所々に配置されている。

生真面目な顔で身じろぎ一つせず、直立不動をしている彼らも臙脂色の軍服を着ていたが、豪奢な勲章やマントを差し引いても、レオンの軍服姿はずば抜けて素敵だ。

気を抜くと緩みそうになる口元を必死に引き締めつつ、フローラはコツコツと足音を響かせて静かな廊下を歩む。

（あ……この礼拝堂の廊下【私の騎士と僕の姫】の最終回によく似ているわね）

ステンドグラスの窓から光が降り注ぐ、アーチ型の高い天井をした石作りの廊下は、大好きな絵巻の、最終回の背景によく似ていた。

感動して泣きながら繰り返し絵巻を眺め、この世界にもし入れたら、背景に描かれた柱の一本になって主人公たちを見守りたいと思った。

――それが今、そっくりな場所で、物語のヒーローみたいな男性の隣を歩いている。

彼との間にあるのは友情で、恋愛感情ではないと承知でも、何だかくすぐったいような気恥ずかしさに襲われて、ドキドキする。

一方で、こんな貴重な経験は二度とないだろうから、結婚式くらいヒロイン気分で思い切り楽しもうとウキウキしている、とことん欲望に素直な自分もいるのだ。

しかし、両開きの重々しい扉の前につくと、好きな作品の世界に入り込んだような浮かれ気分も、さすがに吹き飛んだ。

扉の向こうからはさわさわと声が漏れ、大勢の招待客の気配が漂う。

（……まさか、結婚式が隣国との友好関係に役立つなんてね。レオンが張り切るわけだわ）

できるだけ早く結婚式を行いたいと、いつになく勢い込んでいたレオンを思いだし、フローラは胸中で頷く。

オルディアスとの交易は、三年前から上手く続いている。

だが残念なことに、世の中には平和を望む人ばかりでない。

昔の敵だったと感情で受け入れられないのはともかく、タチが悪いのは戦で私腹を肥やそうとしている輩《やから》だ。

戦が起これば、武器が大量に売れる。

流通が不安定になることで食料品が高騰するから、事前に買い占めておけば大儲《おおもう》けができる。

そんな身勝手な理由で、オルディアスとの関係がまた悪化するのを望んでいる武器商人や、彼らと癒着している貴族が存在するのだ。

彼らの仕業で危うく交易が中止になりかけたこともあるが、レオンと、兄の王太子アロイスが中心となって問題を阻《はば》んでいるそうだ。

そしてレオンが結婚すると聞いたオルディアスの国王は、かつて贈った希少な布が花嫁衣装に仕立てられたと知ると大層喜び、祝辞と祝い酒を大量に送ってくれた。

葡萄酒はオルディアスの特産品だ。

届けられた上等の葡萄酒は、なんと百樽《たる》以上もあり、今日の招待客以外にも広場で民に振る舞うことになっている。

その話はすぐに広まり、広場には今朝から祝い酒目当ての人が大勢押し寄せ、気前のいい隣国の王に歓喜の声をあげているそうだ。

また。貴族女性の間では、壁の花の女神と揶揄されていたフローラが急にレオンと結婚した経緯について、様々な憶測が飛び交っているらしい。

フローラは既に婚約者がいる身で、しかも結婚の準備で慌ただしくしていたから、この三ヵ月というもの社交場には全く足を運んでいない。

よって、こうした情報は全てミラが集めてくれたのである。

二人は密かに逢瀬を重ねて愛を育《はぐく》んでいたのだろうという好意的なものから、フローラを酷く貶《おとし》める悪意に満ちたものまで、様々な噂が飛び交っているらしい。

家柄も容姿も能力も申し分ないレオンは、未婚の貴族令嬢の多くが血眼で射止めようと狙っていたのだから、悪い噂を立てられるのも無理はない。

陰口くらい、全く気にはならなかった。

それよりも結婚式の招待客の多さと、招待された人々が『隣国との友好を象徴する花嫁衣裳』を一目みたいと興味津々だと言う方が、重圧を感じる。

招待客は、大聖堂の婚礼場を埋め尽くすほどの人数だ。

そんな大人数から注目を浴びると思えば、緊張で足が震える。

無意識に、レオンの腕に添えた手に力が入ってしまうと、彼が反対側の手を、その上にポンと優しく乗せた。

「安心しろ。お前に何かあれば俺が助ける」

「レオン……」

「それに、俺に何かあれば、お前が助けてくれるだろう？　二人でいれば、大丈夫だ」

屈託なく笑って言われ、強張《こわば》っていた肩の力がストンと抜けた。胸の奥が、じんわりと暖かくなっていく。

結婚準備が大変だったとはいえ、式に関するものはレオンが大半を引きうけ、打ち合わせなども最低限の回数で済むよう、実に効率よく進めてくれた。

元から多方面に有能な人なのは知っていたが、実際に一つのことを一緒に行ってみると、改めて彼の凄さに感服した次第である。

そして彼はフローラを、自分が全て守ってあげなくてはならない女だとは思っていない。

困っていればもちろん手助けしてくれるけれど、彼が困った時にはフローラが頑張れると、信じてくれている。

そんな信頼を向けてくれるのが、とても嬉しい。

「もちろんよ。二人ならお互いに助け合えるものね」

自然と笑みが浮かび、レオンを見あげて小声で囁くと、彼が微笑んだ。

「それが夫婦というものだからな」

目を細めて微笑むレオンは、このうえなく幸福そうで、フローラの心臓が大きく鼓動する。

最推しのキャラクターに似ている容姿はもちろん魅力的だが、それ以上に惹きつけられる何かを感じた。

胸の奥が甘く締め付けられるようで、表現しがたい感覚に襲われる。

「……ええ。そうね」

その不思議な感覚の正体はよく解らなかったから、一先《ひとま》ずフローラは無視することにした。

レオンと視線を合わせ、心の準備はできたと小さく頷き合う。

彼が扉を叩くと、厚い扉が重そうな音を立てて、内側から開かれた。

礼拝堂の天井には一面に神々の絵が描かれ、正面には神話をモチーフにしたステンドグラスの窓が並ぶ。

礼拝堂の一番奥には大理石の祭壇が置かれ、その上には名前の部分が空欄の結婚誓約書と、古凪なインク壺《つぼ》と羽根ペンが乗っている。

結婚する二人は、ここで司祭の立ち会いのもと、夫婦となる誓約書に署名をするのだ。

長椅子が何十列にも置かれた参列席には、招待客がぎっしりと座っている。

フローラの両親はもちろん、国王夫妻と王太子の姿もある。

噂の花嫁衣装に、無数の視線が注がれるが、フローラはもう怖気づいたりしなかった。

レオンと腕を組んで中央の通路を歩き、司祭の待つ祭壇に向かう。

白い法衣《ほうえ》を着た司祭が、厳かな声で祈りを唱えるのを聞きながら、フローラはそっと視線だけ動かしてレオンを見た。

『レオンはフローラが普通に好きだから求婚したのではないか』と、ミラが言った事が頭をかすめる。

しかし、式の準備を忙しくしながら、彼とは頻繁に顔を合わせた。時には二人きりになる機会もあったが、レオンの様子は特に以前と変わらなかったのだ。

あの夜会の後で、眠っているフローラを素裸にして、大胆なことを沢山したというのに。

レオンがフローラを強引に寝台へ引き入れたのは、あれきりだ。

以前のように、軽口を叩いて気楽に肩を叩くなど、軽いスキンシップはするものの、情欲を露《あら》わに触れることはない。

恋人らしい口づけは勿論《もちろん》、抱きしめたりなどもしない。

やはり彼は、フローラに友情と同情から『理解ある相手との結婚』という救いの手を差し伸べてくれたのだと思える。

夜会の後のことだって、その気になればフローラを抱けると、事前にしっかりと把握したかっただけなのだろう。

フローラは胸中で頷き、視線を前に戻した。

目の前にある誓約書には、互いを生涯の伴侶として愛することを誓うと記されているが、友情の親愛だって立派な愛である。

「では、婚姻の誓約書に署名を」

老齢の司祭が厳かに言い、まずはレオンが羽根ペンをとって、書類に自分の名を書いた。

続いてフローラもペンをとり、インク壺に浸して署名を始めたが、うっかり『フロレンツィア』と、ペンネームを書いてしまいそうになり、慌てて『フローラ』となるように誤魔化す。

（はぁ……危なかった）

少しだけ歪《ゆが》んでしまった署名を眺め、ふぅと密かに息を吐いた。

日常生活で一般的に使われているのは便利な万年筆だが、絵を描くのに向いているペンは、インク壺を使うタイプだ。

ペン先をインク壺につけた瞬間、ロマンス絵巻用の原画を描く時の感覚になってしまい、とんでもない間違いを犯すところだった。

冷や汗が出たけれど、何事もなかったようにフローラは微笑んでペンを置く。

司祭が書類を確認して婚姻の成立を宣言し、一斉に拍手が沸き上がる。

こうして、聖堂での式は無事に終了した。


空が夕暮れの色に染まり始めた頃、結婚式の宴もお開きとなって、招待客はそれぞれの馬車で帰路につく。

フローラも普段用のドレスに着替えると、ミラと馬車に乗って公爵邸に赴いた。

本来ならレオンと二人で馬車に乗る予定だったが、彼は急用で城に直行することになってしまったからだ。

なんでも隣国からの輸入食品に、毒物を仕掛けようとした者がいたらしい。

幸いにも出荷前に管理人が気づいて未遂に済み、犯人も捕まったものの、一歩間違えれば大量に死人が出ていた。

緊急会議になるが、夜には帰れるだろうから、フローラだけ先に新居となる公爵邸へ行って欲しいと言われたのだ。

公爵邸には、結婚準備の期間に何度かミラを伴って訪問している。

主だった使用人の顔と名前も覚えているし、フローラの私室も申し分なく整えられていた。

陽当《ひあ》たりの良い私室は二間続きで、片方は衣裳部屋を備えた居間になっている。

こちらはフローラの好きな、白と淡い薔薇色《ばらいろ》を基調にしてもらった。

優美なデザインの調度品を揃え、人が横たわれる広々とした長椅子には、柔らかなクッションを揃えている。公爵夫人に相応しい品格は保ちつつ、ゆったり寛《くつろ》げる雰囲気の空間だ。

そしてもう片方は、表向きは『書斎』とだけなっている。

絨毯やカーテンは女性らしい色調だが、大型の書棚と、書類の保管棚、二組の書き物机が置かれた機能的な書斎……フローラの趣味部屋である。

ちなみに書き物机と椅子が二組あるのは、絵を仕上げる細かな作業をミラにも手伝ってもらうからだ。

実家から持ち込んだドレスや小物は既に私室や衣裳部屋に収められていたが、絵巻の類は箱に印をつけて、開けないまま運びこんでもらってある。

「フローラ様、そろそろ夕食を召し上がって、湯浴みをなさらなくては。ここの片づけは明日からにしましょう」

早速、絵巻を箱から出して棚に並べようとしたが、ミラにきっぱりと阻まれた。

「でも、まだ随分と早い時間よ。一箱くらい……」

「駄目です。特に、今日の湯浴みはたっぷり時間をかけて、全身磨きあげるんですから。結婚式の夜には何があるか、フローラ様も承知でしょう？」

ミラは日頃からフローラに甘く、我が侭《まま》を言っても大抵は聞いてくれる。

だが、ここぞという時にはきっちりと厳しくなるのだ。

フローラの純潔はまだかろうじて保たれているが、今夜は最後まで彼に抱かれるのだと思うと、やけに緊張して落ち着かなくなってくる。

絵巻や原稿を整理して心を落ち着かせたいところだが、そんな時間はやはりないようだ。

これは駄目だと観念し、フローラはしぶしぶと取り出した絵巻を箱に戻す。

「う……わかっているわよ」

婚儀のしめくくりといえば、初夜だ。

正式に夫婦となった二人が床を共にし、子を成す交わりをする。

夜会の後、夢現でレオンと素肌を合わせた時は、どちらかといえば羞恥より心地よさや幸福感を感じていた気がした。

おまけに、レオンになら大抵の事はされても嫌じゃないとか、大胆な事まで口走ったのも、しっかりと覚えている。

――酒は、怖い。

フローラは虚ろな目で、溜息をついた。

レオンの事は勿論好きだが、思い返してみると、顔から火が出そうだ。

「そんなに不安にならなくても大丈夫ですよ。レオン様はフローラ様を大切に想っていらっしゃいますから、乱暴に扱うような真似は決してないでしょう」

魂が抜けたような目になったフローラを、初夜の行為への不安だと思ったのか、ミラが慰めるように声をかけた。

「え？　ええ……そうね」

初夜に緊張を抱いていたのは確かだが、まさかその寸前までは経験済みで、余計に生々しく想像していたなどとは言えない。夜会で酔った件は彼女に話しても、その辺りはさすがにふせた。

ミラに促されて食堂に行くと、広い食卓に用意された銀器は、フローラのものだけだった。

レオンはまだ帰宅しておらず、食事も王宮で済ませてくるそうだ。

「奥様。本日はお疲れでしょうから、胃に優しいものを用意させました。足りなければ他のものも用意しますので、なんなりと仰《おつしや》ってください」

この屋敷の家令を務めるハンネスが、柔和な笑みを浮かべて言った。

真っ白くなった頭髪を丁寧に撫でつけた彼は、レオンに古くから仕える忠臣だという。背筋はシャンとして物腰は柔らかな、まさに模範的な家令というべき人物だ。

朝から式の支度で忙しく、宴では招待客との歓談ばかりして、今日は殆ど食べていない。

それでも式の緊張と疲れのせいか、食欲はあまりなかったのだが、出てきたキノコのリゾットはホッとする味で、デザートのゼリーも喉越しがよくスルスルと入る。

「ありがとう。ちょうど、こんな食事が欲しかったの」

家令と料理人に感謝をして食事を頂き、フローラは自分の部屋に戻る。

私室には、専用の洗面所と浴室もついており、既にメイドが湯浴みの準備を整えていた。

多数の人を雇う裕福な貴族の家では、使用人の仕事も細分化されている。

ミラのような侍女は、主に良家の娘が就く。主人の身支度や仕事の手伝い、外出の付き添いなどを担当する。

一方、メイドは庶民の娘が就く仕事で、主に下働きに近い。湯浴みの準備や衣類の整理などの雑用をして給金も多くない。

そうした差があるのに働く場所が近いから、侍女とメイドが仲の悪い屋敷も珍しくはないが、ここの使用人たちは仲良くやっている。

部屋につけられた数名のメイドは、初めてこの屋敷で湯浴みをした時に世話をしてくれた者たちだった。

バスタブにたっぷり満たされた湯に浸《つ》かると、強張っていた身体が芯まで温まってほぐれる。

メイドたちは蜂蜜の石鹸《せっけん》でフローラの全身を丁寧に洗い、花の香油を塗り込む。

最後に髪を魔道具の温風で乾かすと、蜂蜜と花の香りがほどよく混じり、まるで本物の花のような香りになった。

白い絹にレースの縁取りがある上品な寝衣を身に着け、フローラは夫婦の寝室に入る。

ここは、レオンの私室とフローラの私室の間にあり、続き扉で出入りできるようになっている。そして先日の夜会で酔い潰れた後、目を覚ましたら全裸でレオンに抱きかかえられていた部屋であった。

「旦那様もまもなくご帰宅なさると思われます。何かあればお呼びください」

ミラはまだここに不慣れなので、公爵家の侍女頭が寝室の呼び紐《ひも》などを簡単に説明し、粛々とお辞儀をして扉を閉める。

一人で取り残されたフローラは、支柱式の広い寝台をしばらく眺め、そっと端に腰をおろす。

寝台は適度な柔らかさで、季節にあった薄いかけ布も手触りが良い。

素晴らしい寝心地を約束してくれそうな、極上の寝台と寝具ではあるが、ここでは眠る前に致す大切なことがある。

（あそこまでしたのだから、もう今さら緊張しなくたって……）

単なる全裸どころか、あんなところまで見られて、触られたのだ。純潔こそギリギリ失わなくても、実質的には抱かれたようなものではないか。

落ち着けと、早鐘のように鳴る胸を押さえて深呼吸していると、不意に廊下からバタバタと騒がしい足音が聞こえてきた。

何事かとフローラが寝台から立ち上がるのと、寝室の扉が勢いよく開かれたのは、ほぼ同時だった。

「フローラ！」

息せき切って現れたのは、まだ軍服の正装姿のレオンだった。

「そんなに慌てて、どうしたの？」

目を丸くして尋ねると、大股で近づいてきた彼が、額の汗を袖で拭った。

「急いで帰るつもりが、会議が長引いてこんな時間になってしまったからな」

彼が溜息をつき、フローラを見つめて眉を下げる。

「結婚式の日まで仕事など……こんな日に一人にしてしまって、本当にすまなかった」

「そんな、謝る必要なんてないわ。結婚式も披露宴も無事に終わったのだし、レオンがお仕事を頑張ってくれているからこそ、安全な生活を得られているんだもの」

現国王が穏健派というのもあり、フローラが生まれてからというもの、エーデルシュテットはどこの国とも戦を起こしていない。

だが、それより少し前の時代には、オルディアスとの小競り合いが頻繁にあったらしい。

よって年配の人になるほど、未《いま》だにかの国を毛嫌いする風潮も残っている。

オルディアスから輸入された食品に毒が入っていたとしたら、それを仕掛けたのが誰か詳しく知ろうともせず、隣国がこちらに害をなそうとしたと騒ぐ人も少なくないはずだ。

「私は戦を知らない世代だけれど、亡くなった祖父母からはよく、あんなものは生涯知らない方がいいのだと言われたわ。でも、私がそうして平和に生きていられるのはレオンのおかげよ」

もしも三年前にレオンが、魔物に追い詰められたオルディアスの軍を『仲の悪い国の人間だから』と見捨てたら、今のように両国が和平を結ぶことはなかった。

たとえ敵でも困っていたら、救いの手を差し伸べられる人なのだ。そうでなければ、フローラが困っているからと言って、自分と結婚すれば良いなんて言わないだろう。

「フローラにそう言ってもらえるなら、十分に報われる」

照れ臭そうに頭を掻いたレオンに、フローラは笑顔で頷いた。

「それに私は、個人的にもレオンに救われたもの」

「……俺が？」

「もしもレオンが窮地をみかねて求婚してくれなかったら、今頃はお見合いコースだったわ。もつべきものは優しい友人ね」

「は？」

レオンがポカンと口を開け、目を瞬かせた。

優しい彼は、フローラの窮地を救ってやるなんて恩着せがましいことは一度も口にしなかったから、気づかれていると思わなかったのだろうか？

「もちろん、公爵夫人としての勤めはきちんとするけれど、今回の恩は必ず返すわ。レオンが何か手伝って欲しい時には遠慮なく言ってね。例えば……」

――貴方に本当に好きな人が出来て、私と離縁したくなったとか。

そう言おうとして、フローラはふと言葉を切った。

どう考えても、やはりレオンの恋人に自分が釣りあうとは思えない。

でも、レオンの隣にはこんな女性が似合うのではと、今まで散々に妄想して楽しんでいたのに、急にそれが上手くできなくなった。

彼のイメージが、夜会服の姿から軍服の姿になって、素敵度が大幅に増したせいだろうか。

「その、つまり……」

彼がどんな美女と仲睦《むつ》まじくしても、何となく不快で、見ていられないような気がする。

変な感じがして、フローラは言葉に詰まった。


一方でレオンは、何やら急に考え込み始めたフローラを前に、茫然自失していた。

婚礼準備の三か月間で、フローラと時おり会話がかみ合わないような気はしていたのだ。

よもや、レオンが彼女の窮地に同情を抱き、友人として救いの手を差し伸べるべく求婚したと思っているのかと、不安になったこともある。

しかしまさか、いくらなんでもそんな求婚を喜ぶ女はいるまいと、思っていたが……。

——その、まさかだった。

（単なる同情や友情で、結婚を申し込む馬鹿がいるか！）

胸中で思い切り叫んだものの、レオンの口はハクハクと戦慄くだけで、声がでない。

本当は、解っている。

認めたくなかったから、まさか違うだろうと必死に思い込んでいたが、彼女の性格はこの一年で随分と察した。

もしも立場が逆であれば、フローラはそんな理由でレオンに求婚したに違いない。

窮地に立たされた友人の為にならら全力で身を投げ出すような、お人好しの大馬鹿だ。

そして困った事に、そういう部分も含めてレオンは彼女に惚《ほ》れている。

だからこそ『公爵夫人の務め』としてだけで、床を共にしようとされるのは嫌だった。

「……無理に床を共にしなくてもいい。俺は他の部屋で眠る」

思わず、拗《す》ねたようにボソリと呟いてしまった。

「え？　でも……」

困惑した様子のフローラをみていると、モヤモヤした気分が増してくる、

――お前は、ただの友人に抱かれても平気なのか？

夜会で酔った彼女を寝台に連れ込んでおいて、今さらこんな苛立ちを抱くなど、滑稽な話だ。

あの翌朝、正気に戻ったフローラにもの凄い勢いで拒否されて落ち込んだが、単に家督問題で、レオンとの結婚が嫌なのではないと言われて、さらに有頂天になった。

（だが、俺はやはり……未だに友人枠……）

すっかり打ちひしがれたレオンは、がっくり肩を落として深く溜息をつく。

「レオン……大丈夫？　どこか具合が悪いの？」

フローラが心配そうな声をかけてくるが、大丈夫でなくなったのはお前が原因だとは、とても言えない。

レオンだって、フローラの気持ちを少々怪しいと思いながら、確認もせずかなり強引に事を進めた自覚はある。

「いや、少し疲れただけだ」

慌てて誤魔化すと、フローラがホッとしたように微笑んだ。

「無理もないわ。あんなに盛大な結婚式と宴の後、レオンはお仕事まで頑張ってきたんだもの。ええと……ああいうことをするよりも、今夜はゆっくり休まなくてはね」

――違――――う!!!

無邪気な笑顔で放たれた言葉に、思い切り心の中で叫んだ。

日頃から体力作りは熱心にしており、人前に出ることにも慣れている。

その気になれば一晩中、事に及ぶことだってできるだろう。

「フローラ！」

「なに？」

ここはやはり、ハッキリと告げるべきだ。

求婚は、友人を救いたかったなんて理由ではなく、以前からフローラを好きだったのだと。

呑気《のんき》にニコニコしているフローラを、レオンはキッと見据える。

「そ、そうだな。フローラも、今日は疲れただろうからと……」

ところが口をついて出たのは、言おうと決意していたのとは、まるで違う言葉。

結婚式の日まで仕事にかまけていたレオンに、フローラは気を悪くするどころか、平和に暮らせていることへの感謝を告げてくれた。

レオンを恋愛対象として見ていないにしても、真《ま》っ直《す》ぐに好意を示してくれる。

しかし本当にフローラを好きで、跡継ぎ作りなど関係なく抱きたいと告げたら困惑されるのではと心配だ。

……いや、本音を言えば、これは単なる見栄《みえ》だ。

フローラに異性として愛されていると思い込み、有頂天になっていた自分がこのうえなく惨めに思える。

そんな情けない自分の心境を、彼女に告げる勇気がないのだ。

戦場でなら、どんな強敵に対峙《たいじ》しても冷静でいられるのに、初恋の相手に対してはどうも引け腰になってしまう。

「……フローラ、左手を出してくれ」

「え？　どうぞ」

フローラの手をとり、レオンはポケットから指輪をとりだして、彼女の指にはめる。

金細工の輪に、ピンクトパーズを加工した可愛らしい花が幾つもあしらわれた指輪は、フローラの薬指には少し大きかった。

しかし、レオンが自分のはめている琥珀《こはく》の指輪をそれに触れさせると、宝石の花がキラリと光って、輪がフローラの指にピタリとあう大きさに縮んだ。

「これ、魔道具だったのね」

フローラが感心したように指輪を眺め、ふと何か思いついたように顔をあげた。

「もしかして最近話題になっている、通信用の指輪だったりするの？」

対の指輪を持つ相手に、離れていても声を届けられる魔道具は、最近開発されたものだ。

かなり値が張るものの、恋人や婚約者と一緒に作りたいと、富裕層の若者に大人気になっている。

「そうだ。婚約が決まって急ぎで特注したが、予約待ちが多く、今日の夕方にやっと仕上がった。

お前の好みを聞かないでデザインを決めてしまったが……」

気に入ってくれるだろうかとドキドキしていると、フローラが満面の笑みを浮かべた。

「凄く可愛くて素敵！　私の大好きな色だわ！」

「確か、以前にそう言っていたからな。気に入ったなら良かった」

「もちろんよ。ありがとう！」

自分の好きな事を語る時と同じくらい、弾んだ声と嬉しそうな笑顔を向けられ、ドキリと胸が高鳴る。

優秀な密偵も抱えているから、その気になれば相手の好みや素行、人に言えない事まで、大抵のことは調べられる。

だが、フローラのことならどうしても自分で知りたくて、前々からさりげなく彼女の好みを色々と聞きだしていた甲斐《かい》があった。

「その指輪は、一番大きな花に触れて呼べば、いつでも俺に声が届く」

「これね」

フローラが指輪の中心についている花を示した。

「知っているだろうが、それを身に着けていてくれれば、俺からも同じように声を送れる。緊急時の連絡手段にもなるから、眠る時もなるべく外さないでいてくれ」

「緊急事態……ええ。いつも身に着けるようにするわ」

フローラが、今度は神妙な顔で指輪を見て頷いたので、レオンはコホンと咳払いをした。

「緊急連絡用とはいっても、それだけにしか使うなとは言わない。何か用があれば、遠慮なく呼んでくれ」

フローラなら、レオンが仕事中なのに『声が聞きたかった』などと頻繁に呼び出すような、非常識な使いかたは決してしないと思う。

しかし逆に、命の危険くらいのレベルでなければかけてはいけないと考え、まったく使わない可能性が高い。

レオンとしては、もう少し適度に……新婚らしくいちゃつく雰囲気で使いたいのだ。

「なんだったら、一人で眠るのが寂しいと、今夜さっそく呼んでくれてもいいぞ」

思い切って、冗談めかした調子で言ってみると、フローラが噴き出した。

「やだ、私は小さな子どもじゃないのよ。夜中に寂しいなんて泣いたりしないわ」

「は、ハハ……一応、言ってみただけだ」

慌てて、若干引《ひ》き攣《つ》った笑いで誤魔化した。

呼んでくれればいつでも夜は一緒に過ごす気があると、そんな遠回しな表現には、やはり気づいてもらえないようだ。

「……正直に言えば、本当は少し落ち着かなかったの。これからはお父様やお母様とも離れて、今までと違う生活が始まるのだと、一人になったら妙に実感してしまって」

不意にフローラが眉を下げて、決まり悪そうに呟いた。

「フローラ、やはり今夜は一緒に……」

同じ寝台に入れば、手を出さない自信は微塵もない。

それでも、自分達は法的にれっきとした夫婦で、フローラもレオンに抱かれるのを拒むつもりはないという。

それならさっさと契り、恋愛感情は新婚生活の中で育んでいけば良いではないか——そう誘惑する声が、脳裏に響く。

「でも、レオンのおかげで、もう寂しくなくなったわ」

「は……？」

「今日から私には、レオンという家族が増えたのよね。それにこの指輪があれば、離れていてもすぐに連絡が取れるもの」

「あの、フローラ……」

「ありがとう、安心してよく眠れそうよ」

指輪をはめた手を胸にあて、にこりと微笑むフローラは、とても可愛らしくて愛《いと》おしい。

彼女を妻に迎え、家族になれたのは、本当に嬉しく思っている。

だが、何か……何か違う！　期待していた反応と違う！

「……フローラがよく眠れそうなら、何よりだ」

落胆しきった情けない顔をみせまいと、素早く踵《きびす》を返して部屋をでようとした時——。

「あ、少しだけ待って！」

フローラがさっと駆け寄ってきた。

「おやすみの挨拶を忘れていたわ」

彼女が背伸びをし、レオンの首に両手を回して顔を引き寄せる。

頬に、柔らかな唇が押し当てられて、すぐに離された。

「……」

これは、夢だろうか。

口づけされた頬に手を当てて、呆然と立ちすくんでいると、フローラが心配そうに眉を下げた。

「せっかくだから、少しだけ夫婦らしいことをしてみたいと思ったのだけれど……嫌だったのなら、ごめんなさい」

「いっ、嫌ではない！　少し驚いただけだ！」

慌てて、レオンは首を横に振る。

まさかフローラから口づけてくれるなど、思いもしなかった。

「……では、俺もしていいか？」

おずおずと尋ねると、フローラが嬉しそうに頷いた。

「はい」

彼女が目を瞑り、頬に口づけやすいようにと軽く背伸びをして僅かに首を傾ける。

無防備なその姿に、ゴクリとレオンは唾を呑んだ。

今からでも、フローラを本当に愛しているから結婚したのだと、打ち明けてはどうだろうか？

頬に軽く口づけをするだけでは、到底物足りない。

抱きしめて、身体中に口づけて、フローラを全て愛したい。

「フローラ……」

しかし、寸前まで言いかけたものの、やはり困惑顔のフローラが脳裏によぎって、二の足を踏ませる。

夜会の隅で、いつも顔を合わせていた時と同じだ。

余計な事を言わなければ、フローラは屈託ない笑顔を向けてくれる。

レオンは歯を食いしばり、彼女の頬に唇を軽く触れさせて離れた。

フローラが目を開き、少しはにかんだように笑って手を振る。

「おやすみなさい」

「ああ、おやすみ……」

これで良かったのだと、レオンは虚ろに呟いて寝室を出て行った。


（……この指輪、私の好みにピッタリ。レオンはやっぱり、女性を喜ばせるのが巧《うま》いのね）

一人になったフローラは、手を顔に寄せ、改めて指輪をじっくり眺める。

随分前の夜会でレオンと話していた時、好きな色やモチーフの話題になったのを思い出す。

夜会では適度に地味な色合いの服装をこころがけているが、可愛らしい花模様のアクセサリーや淡いピンク色が好きだと話したのを覚えていて、こんな贈り物を用意してくれるなんて。

結婚式の日まで会議に行かなくてはいけないなど、レオンは自分が多忙なことを考慮し、妻になる相手へ緊急連絡用の手段を渡しておくべきと考えたのだろう。

実際、この魔道具は富裕層の恋人に人気だと大々的に話題になっているが、緊急連絡手段として子どもや配偶者に購入するケースも多いそうだ。

それでも相手が、自分の好みを覚えていて、素敵な指輪を贈ってくれたには違いない。

これがロマンス絵巻なら、フローラの大好きなシチュエーションだ。

自分に恋愛は不向きと思っていても、つい胸がときめいてしまった。

しばし、フローラはうっとりと指輪を眺めてから、そろそろ眠ろうと灯《あか》りを消して寝台に入ったが……。

（……眠れない）

疲れているのに妙に目が冴《さ》えて、なかなか寝付けない。

今日は色々とせわしなかったせいだろうか。

それにしても、いよいよレオンの妻になったのに、身構えていた初夜が先延ばしになったのは拍子抜けした。

（急に王宮に呼び出されたのは、レオンが悪いわけではなかったのに……）

帰宅するなり、マントも脱がないで駆けつけてくれたレオンの姿を思い出すと、またもや胸がキュウと締め付けられるような感覚に襲われる。

無意識に、レオンの唇が触れた左側の頬に触れていた。

仲の良いフローラの両親は、よくこうして互いの頬に口づけをしていた。

それで、初夜は先延ばしになった代わりにこれくらいならと、思い切ってやってみたのだけれど、思っていたより遥かにドキドキした。

自分がする時も、レオンにされる時も。

レオンの唇は掠《かす》めるように一瞬触れただけなのに、思い出すとたちまちそこがジンジンと熱く火照ってくる。

落ち着かない気分のまま、フローラは広い寝台の上で何度も寝返りを打つ。

マットレスも羽根枕も、柔らかくて使い心地のよい最上級の品だ。それなのに夫婦用の寝台は、一人で使うのには広すぎて、少し侘《わび》しい。

『一人で眠るのが寂しいと、今夜さっそく呼んでくれてもいいぞ』

先ほど、からかうように言われた、レオンの声が脳裏に蘇《よみがえ》る。

「……本当に、真夜中だろうとおかまいなく呼んでしまうかもしれないわよ」

暗闇の中、指輪に触れる寸前で指を止め、フローラは口を尖らせた。

もちろん、本気ではない。

ただ、レオンに浮いた噂は聞いた事がないが、彼はフローラとの婚約を発表する前まで、玉《たま》の輿《こし》を狙う令嬢の垂涎《すいぜん》の的だった。

酔い潰れた女性をお持ち帰りしたのはフローラが初めてだというが、好みにあった魔道具の指輪を作ってくれたり、寂しければ呼んでも構わないなんて優しい言葉をかけたり……女性の扱いに慣れているように思える。

「……」

それが、なんとなく面白くないと思ってしまうのは、どうかしているのだろう。

レオンはフローラの窮地を見兼ね、見合い結婚を強いられるくらいなら、せめて趣味や性格に理解のある自分と結婚すればいいと提案してくれただけなのに。

女性の扱いに慣れているのを面白くないと感じるなんて、まるでレオンと愛し合って独占したがっているみたいではないか。

「はぁ……」

自分でもわけのわからない感情を持て余し、両手をバタリと敷布の上に投げ出した。

初夜に寝室で緊張しながら待っていたフローラに、レオンは無理に抱かれようとしなくてもいいと言った。

そして彼も、初夜の営みどころではないほど疲れているから、別室で眠ると言ったのだろう。

先ほどレオンに告げたように、結婚式だけでも大変なうえ、重要な犯罪未遂の連絡が急遽入って会議に直行など、想像しただけでも苛烈なスケジュールだ。

(それなのに、夜中に呼んでも良いと言ってくれたのは、きっと私に気を使ってくれたのよね……)

式の後でフローラを一人にしたのを、彼は相当気にしていたようだ。

だから、疲れているのに帰宅するなり指輪を届け、そんなことを言ってくれたのだと思われる。

(駄目、駄目！　少しはゆっくり休んでもらわなければ、レオンが過労で倒れちゃうわ)

やはり緊急の用がある時以外は絶対に使うまいと、フローラは肝に銘じる。

そうしているうちに、ドキドキとときめいていた心臓も落ち着いてきた。

眠気が押し寄せ、瞼が重くなって自然と閉じていく。

ほどなくしてフローラは、すやすやと心地の良い眠りに落ちていった。

――よって、もしかしたら新妻が指輪の通信で呼んでくれるのではないかと、レオンが一欠片《ひとかけら》の希望を胸に悶々と待っていたことを、フローラは何も知らなかった。

# 第三章

フローラがアルベルム公爵夫人となってから、瞬く間に一ヵ月が経った。

四阿《あずまや》に絡む蔦《つた》が緑のカーテンとなり、強い夏の陽射《ひざ》しを防ぐ。

心地よい涼しさの四阿で、茶会に招待されたフローラは、数人の貴婦人とテーブルを囲んでいた。

(予想はしていたけれど、やっぱり……)

集まった貴婦人の顔ぶれに、フローラは内心で溜息をつく。

主催者のベッカー侯爵夫人を始め、フローラ以外の招待客は全員が四十代から五十代の貴婦人だ。

人生の先輩である年配夫人とのお喋りは、貴重な経験談や勉強になる話を聞けることもある。

しかし、ベッカー夫人は下世話な噂話が大好きなうえに、口が軽いと有名だ。

他に招待されている、夫人と仲の良い貴族女性も、揃って同じような人達だった。類は友を呼ぶと言うものだろう。

正直に言えば、ベッカー夫人の招待を受けるのは、あまり気が進まなかった。

だが、ベッカー侯爵は宮廷の重鎮で、レオンと関わる機会も多いらしい。

そんな重要人物の妻からの招待を、単なる好き嫌いで無下にするわけにもいかない。

短時間の茶会ならと顔を出すことにしたのだ。

「……ところでフローラ様。新婚生活はいかがです？」

ひとしきり他愛ないお喋りが済んだ頃、ベッカー夫人から興味津々な目を向けられた。

「とても良くして頂いております。私に公爵夫人など務まるか不安でしたが、周囲の方々の助けもあり、夫も気遣ってくれますので」

無難な返答をすると、ベッカー夫人が意味ありげなふくみ笑いを浮かべた。

「まぁ、レオン閣下に愛されていらっしゃいますのね。もしや、フローラ様が新婚生活に重圧を感じていらっしゃるのではと心配でしたのよ」

「重圧、といいますと？」

特に親しくもないベッカー夫人から、いきなり親身に心配されるいわれもないが、そこは突っ込まずに尋ね返す。

すると、貴婦人達がまっていましたとばかりに顔を輝かせた。

「勿論、夫婦仲のことですわよ」

「王太子殿下はまだ独身でいらっしゃいますもの。レオン様が先に結婚なされて、国王陛下は初孫を待ちわびていらっしゃるのでは？」

「フローラ様とレオン様は、婚約発表まで秘密の恋を育んだのですってね。まるで恋物語のようで素敵ですわ。そのような方たちの新婚生活はどれほど甘く麗しいかと――」

――ペチャクチャ、ペチャクチャ。

口々に喋りながら、好奇心も露わにギラギラと目を光らせて、貴婦人達が一斉に迫って来る。

「そ、そうですね……」

フローラは顔が引き攣りそうになるのを堪え、愛想笑いを浮かべた。

彼女達はフローラを質問責めにして、隙あらば夫婦の閨《ねや》のことまで根掘り葉掘り聞きだそうと、期待を膨らませているわけだ。

どうせ招待を受ければ、こういう不躾《ぶしつけ》な質問はされるだろうと思っていた。

コホンと咳ばらいをして、フローラは皆を見渡した。

「私が言えるのは、新婚生活に一切不満はなく幸せに過ごしているということだけです。あとは皆さまの御想像にお任せいたしますわ」

少し恥ずかしそうに苦笑してみせてから、素早く席を立つ。

「途中で申し訳ありませんが、急用を思い出しまして……ここで失礼いたします」

深々とお辞儀をすると、貴婦人たちも慌てて愛想笑いを浮かべ、別れの挨拶をした。

フローラはメイドに案内されて、待たせていた馬車に乗り込むと、すぐに帰宅するよう御者に告げる。

（さすがはベッカー侯爵のお屋敷だけあって、庭園も茶器も綺麗だったけれど……疲れたわ）

馬車の中で一人なのを良いことに、フローラは深い溜息をつく。

ベッカー侯爵は王宮勤めの他に美術品の輸出事業をしており、見込みのある若い画家や彫刻家への支援も積極的に行っていることで有名だ。

実の所、夫人の招待を受けた理由には、侯爵に支援を受けた芸術家たちが作り上げた傑作という、評判の美しい屋敷や庭を見たいということもあった。

そして実際、見事に刈り込まれた庭木や庭園に置かれた彫刻などは素晴らしかった。

フローラの頭の中には、そこでひっそり逢瀬をする男女の妄想がたちまち浮かび、ロマンス絵巻の製作意欲を十分に掻きたててくれたのである。

それだけでも来た甲斐はあると思うが、貴婦人方の下世話な質問を上手くかわせたのにもホッとした。

新婚生活に不満がないと言ってから『想像に任せる』と、照れ臭そうに濁して去れば、大抵の人は夜の生活も順調と考えるはず。

今頃、ベッカー夫人たちは早速、フローラとレオンがどんな熱い夜を過ごしているか、好き勝手に想像して喋りまくっているだろう。

別に、こちらは嘘など言っていない。どんな想像をするのかは彼女達の勝手だ。

（未だに初夜がないなんて知られたら、明日には社交界全体に面白おかしく広まっていそうだも

のね）

フローラは座席に背を預け、胸中で呟いた。

結婚式の晩、レオンが遅くに疲れて帰ってきたことで、初夜は一先ず後にとなったわけだが、それからもずっと彼の多忙は続いているらしい。

城から帰宅するのはフローラがとうに眠った時刻で、寝室も分けたままだ。休日もしばらくとれないと、連日、出仕をしている。

それでも毎朝の食事は必ず一緒にとるので、用事があればその時に話せるし、彼の方でも不自由がないかといつも気遣ってくれる。

（しかも、軍服姿で！）

はぁぁ……と、今度は恍惚の溜息を吐き、フローラは今朝も堪能したレオンの軍服姿を、うっとりと脳裏に思い起こす。

公爵夫人という立場は、覚悟はしていたけれどそれなりに忙しい。

それでも、あの麗しい姿を間近で眺められる役得だけで、十分すぎる程に報われている。

それにレオンは相変わらず優しくて、気遣ってもくれていた。

フローラが公爵夫人としてよくやっていると褒めつつ、張り切りすぎて体調を崩さないようにと心配してくれる。

だから、結婚してから同じ寝室で過ごした晩は未だにゼロなのだが、特にそれを気に病んだりはしない。

遅くに帰宅する彼が疲れてそんな気になれないのは当然だし、別室で眠るのもフローラを起こさないように気遣ってくれているのだと思われる。

子作りについては、レオンが焦る必要もないと思うのならそれで良い。今日みたいに下世話な質問や口出しも、上手くかわせば済むだけだ。

ちなみに、朝の見送りも無理にしなくても良いと言われたが、日中は王宮にいて帰りも遅いレオンの軍服姿を見られるのは、朝だけの貴重な機会だ。

結婚式の控室で、初めて彼の軍服姿を見た時のように、毎回鼻血を出したりはしないけれど、興奮で息が荒くなるのは必死で堪えている。

毎日見ても、いっこうに飽きない。

それどころか余計に魅力的に思えてくる。だから、少しでも長く見ていたいのだと告げたら、照れたのか彼の顔が真っ赤になった。

あれほど素敵なら、褒められるなんて慣れているだろうと思っていたのに意外で、それもまた魅力的だった。

ただ……。

色々と考えていたら、いつのまにか馬車は屋敷についていた。

フローラはすっと息を吸い、気持ちを切り替える。

「お帰りなさいませ、奥様」

「ただいま、ハンネスさん」

迎えに出た家令の手を借りて馬車を降り、フローラは屋敷に入ると、一目散に書斎を目指す。

「奥様。書類は揃えてお部屋に届けてあります。特に急を要するものはこちらで……」

ハンネスがフローラと並んで歩きつつ、書面を読み上げはじめた。反対側には部屋付きメイドがついて歩き、フローラが外した帽子やショールを受け取ってくれる。

結婚式さえ済めば、忙しい日々も落ち着くと思ったのだが、甘かった。

この一ヵ月は、やる事も覚える事も山ほどあり、結婚式の準備期間など比ではなかったのだ。

公爵夫人とお近づきになろうと、ベッカー夫人のように今まで交流のなかった年代の貴婦人からも、茶会や園遊会などの誘いがどっと来る。

勿論、全てに参加することはできないから、宮廷の人間関係などを踏まえて重要なものを選び、残りには丁重なお断りの返事を書く。

レオンが所有している領地の邸宅や王都の屋敷については、今まで通りハンネスに取り仕切ってもらっているが、女主人が家の事を何も知らないでは、いざという時に済まされない。

屋敷内の人員など、一通りを頭に入れておく必要がある。

そしてまた、フローラは自分で発案した魔道具の貸し出し事業を、勉強として実家で任せられていたのだが『これはお前の事業だよ』と、結婚を機に父から正式に譲渡された。

その事業も、信用の置ける責任者を備えて仕切ってもらっているが、重要な案件などフローラが確認しなくてはいけない部分はやはりある。

書斎前についた時にはちょうど、急ぎの案件に全て答え終わり、外出用の小物も全て外してメイドに渡し終えていた。

しかし、まだまだ本番はこれからだ。

「いつもありがとう。残りの仕事は、晩餐《ばんさん》までに片付けるわ」

ニコリと微笑んで家令とメイドに言い、フローラは書斎に飛び込んだ。

「お帰りなさいませ、フローラ様。こちらはじきに終わりますよ」

自分用の机でせっせと作業をしていたミラが、手は止めないまま視線をあげる。

普段なら、茶会の招待にはミラに同行してもらう。

だが、今日は書類整理を頼むと屋敷の皆には説明し、ロマンス絵巻の原稿手伝いを頼んでいたので、彼女はお留守番だった。

大量の原画を必要とする動画絵巻は、主要人物と背景と仕上げなどを何人かで手分けをし、共同で作業をする場合が多い。

そしてフローラはストーリーを考えて人物を描くのは得意だが、風景や建物を描くのは大の苦手で、ミラはその逆だ。

よって、いつもフローラが主要人物を描いてから、ミラに残りを任せるという役割分担になっている。

「もう終わるのっ⁉」

急いでフローラも自分の机に着いた。

フローラをもっとも多忙にしている原因は、ロマンス絵巻の制作という趣味である。

そして趣味を満喫するのには、資金と時間が必要だ。

レオンから好きに使っていいと十分な金額は貰っているけれど、趣味に使うお金は自分の稼ぎで払いたい。実家にいた頃も、任されていた事業の収入をもらって趣味にあてていたのだ。

「できることはどんどん任せてください。私もフローラ様の新作を見たいんです」

「うぅ……ありがとう」

頼もしい侍女の言葉に感激し、まずはハンネスが揃えておいてくれた書類に着手する。

幸いにも今日は困った案件や返事に困る手紙もなく、すぐに書類仕事は終わった。

フローラは鈴を鳴らしてメイドを呼び、郵便物として出すものを頼むと、一番目立たない引き出しからいそいそと紙束を取り出す。

次の即売会に出品するロマンス絵巻用に、鉛筆で下書きをしたものだ。

実の所、結婚式の準備中は殆ど手が付けられず、新作の出品は諦めようと思ったりもした。

だが、公爵家の面々は非常に親切で新生活にも早く馴染《なじ》めたし、ミラにも手伝うと励ましてもらった。

それに、せっかくレオンに求婚してもらったおかげで、好きなことを続けられるようになったのだ。

間に合うかは解らないが、前回に出した続きの代わりに短い新作を作ろうと、僅かな時間も無駄にしないようにと、張り切っているわけである。

ちなみに、レオンの軍服姿が素敵過ぎて、どうしても彼をモデルに描きたかったのだが、それだと完全に、自分の好きなロマンス絵巻の主人公ディートハルトになってしまう。

よって、髪型や軍服のデザインを変え、性格はレオンそのものにした

そして……なぜか良いヒロインが思い浮かばなかったのだ。

だから、読者は空気となって、素敵な軍服姿の男性の日常生活をちょっと覗《のぞ》き見《み》するというストーリーにした。

フローラは夢中でペンを走らせ、軍服姿の青年を描いていく。

描き始めた当初は男女の描き分けもできないくらい下手だったし、今でも即売会の会場を見渡せば、フローラよりよほど上手い人はいくらでもいる。

それでも即売会で、自分の作ったお話や描いた絵を好きだと言い、購入してくれる人がいると思うと、天にも昇る気分で嬉しくなる。

即売会では一応、フローラも平服と仮面で正体を隠して偽名を使っているが、作者がどんな身分だろうが、あそこでは基本的に関係ない。

出品作品が好みに合えば買い、そうでないなら買わないだけ。駆け引きも損得勘定もなく、好きなものを好きだと思い切り愛でる。

自分の心に正直に楽しく生きたい、が座右の銘であるフローラにとって、あそこは理想郷なのだ。

「――終わったーっ！」

もうすぐ晩餐の時間というところで、最後の絵が仕上がり、フローラは歓声を上げてミラと抱き合う。

「明日の朝一番で印刷店に行くわ」

フローラは壁にかけた暦を確認し、出来上がった原稿の束を封筒に入れる。

次に開催されるロマンス絵巻の即売会は、まだ二ヵ月も先だ。

しかし、動画魔法の印刷機を備えてある店は少ないので、ロマンス絵巻の即売会前には当然、持ち込みが殺到する。

それなりの部数を刷ってもらうには、これくらい早く出さなくては間に合わないのだ。

「今回も手伝ってくれてありがとう。もっと余裕をもって描けるように、いっそ動画魔法の印刷機を自分で買おうかと、毎回思うんだけれど……」

机を片付けながらフローラがぼやくと、ミラが思案気に首を傾げた。

「でも、小型の動画印刷機ならともかく、印刷所にあるような大型の魔道具は、操作になれるまでが大変そうですね」

「そこなのよ。前に貸し出し用魔道具の仕入れに行った時、試しに使わせてもらって散々だったじゃない」

その時のことを思い出し、フローラは苦笑した。

大型魔道具の貸し出し事業をやっている以上、フローラも魔道具には詳しくなるよう努力している。

顧客の対応など、細々したものは基本的に人を雇って任せているとはいえ、最高責任者が扱う品をまるで知らないのでは話にならないからだ。

特に、新開発された魔道具の展示会には、必ず顔を出すようにしていた。

そして二年ほど前、ミラを伴って魔道具の展示会にいったら、動画魔法用の最新印刷機が置かれていたのだ。

なんでも、従来のものよりも印刷の質とスピードが大幅に向上したという。

だが、興味を惹かれて試しに操作してみたら、種から芽が出て花が開くという単純な絵だったのに、隙間に入り込んだインクが砂嵐のように絵を汚し、悲惨な仕上がりになってしまった。

元々、動画魔法の大型印刷機は扱いが非常に難しく、熟練の技が必要なのだ。

そしてフローラは、自分に扱えないうえに事業用の貸し出しにも向かない印刷機をすごすごと諦め、代わりに目をつけていた旅行用の魔道具を大量に買いそろえたわけである。

「大型の動画魔法用印刷機を使うのには相当な練習が必要だと思い知ったわ。かといって小型のものだと品質も荒いし、サイズも折り畳みカードくらいだものね」

　それよりも簡単に動かせる、小型の動画魔法用の印刷機もあるけれど、こちらは酷く荒い印刷になってしまうのだ。

「もっと簡単な操作で、綺麗な印刷ができる魔道具が開発されないかしら」

「そのうちできるかもしれませんよ」

　勝手な要望をミラと談笑していると、晩餐ができたとメイドが呼びに来た。

　残りの片づけをミラにお願いし、フローラは急いで食堂に向かう。

　レオンはまだ帰宅していないので、広い食卓に並べられているカトラリーは、今夜もフローラの分だけだ。

　フローラは食卓につき、黙々と食事をとり始めた。

　周りには給仕をする使用人が控えているけれど、彼らは職務中なのでむやみに話しかけるわけにもいかない。

　朝食ならば向かいの席にはレオンがいて、色々な会話をしながらあっという間に食事の時間が過ぎてしまう。

　しかし一人で席についている食堂は、朝食時と同じように使用人が控えていても、やけにガランとして寂しい空間に思えた。

　食事の内容だって、晩餐の方が豪華で品数も多く、料理人はフローラの好物ばかり出してくれる。そこには感謝しているし、美味《おい》しいとは思うのに、なんとなく味気ない。

（レオンと一緒に食べるなら、麦のお粥《かゆ》だけだって文句言わないのだけれど）

多忙な彼に無理を言うつもりはないが、早く帰宅できて一緒に晩餐をとれるようになればいいのにと、つい思ってしまう。

（……だいたい、あんなに働き過ぎでは、レオンの身体が参ってしまうのではないかしら）

ニンジンのグラッセを口に入れ、今朝みたレオンの顔を思い出す。

日頃から鍛えている彼は、これくらいの激務など平気だと言うが、日に日に顔色が悪くなっていく。目の下の隈《くま》だって、段々と酷くなっているようだ。

フローラは静かに食事を終え、席を立った。

夕食の後は一休みしてから書斎で仕事をして、決まった時刻に湯浴みを済ませてから寝室に入る。

この一か月間で、すっかり定着した生活様式だが、今日は少し違うことをするつもりだ。

湯浴みを済ませて寝室に入ったフローラは、メイドが室内を確認して出ていくと、むくりと寝床から起き上がった。

防犯上、裕福な貴族の家は夏でも窓や扉をしっかりと閉め、冷気を発する魔道具で室温を調節している。

フローラは細く窓を開け、大きく張り出した窓辺に腰を下ろした。

窓の隙間から吹き込む生ぬるい夏の夜風が頬を撫でる。

空には月星が輝き、二階の東棟にある寝室からは、屋敷の門と正面玄関がよく見えた。

レオンはどうやら、この寝室とは離れた客間で休んでいるようだが、ここから見ていれば馬車に乗って帰ってきた時、すぐに気づけるだろう。

フローラは暗闇の中、じっと門に目を凝らす。

しかし今日も書類を山ほど片付けたうえ、ベッカー夫人の茶会で気疲れしたせいか、少しすると眠気に襲われだした。

堪えようとしても瞼が重くなってきて、頭がぼんやりとしてくる。

知らぬ間に目を閉じ、窓枠に座ったままコクリコクリと船をこいでいたフローラは、不意に聞こえた馬車の走る音に目を覚ました。

ハッとして外を見ると、ちょうど馬車が玄関口で止まったところだった。

眠気も吹き飛び、フローラは急いで部屋を飛び出す。

月明りだけが照らす薄暗い廊下を一目散に駆けるが、柔らかな室内履きなので足音は殆どしなかった。

「レオン！」

階段を駆け下りながら呼ぶと、玄関ホールでハンネスに鞄《かばん》を預けていたレオンが振り向いた。

「フローラ……こんな時間まで起きているなど、何かあったのか？」

息を切らせてレオンのもとにたどり着いたフローラを見て、彼が眉をひそめた。

「違うの。私じゃなくて……」

呼吸を整え、フローラは改めて彼を見あげた。

ハンネスが魔道具のランタンを持っているが、辺りは薄暗い。

そのせいかレオンの顔色は、今朝よりもいっそう悪く、疲れ切っているように見えた。

「私は、レオンが心配なの」

「俺が？」

「毎日こんなに遅くまで働いてお休みもとれないなんて、身体を壊してしまうわ。何か私に手伝えることがあったら言って。レオンが元気になるなら、何でもするわ」

「それを言うのに、わざわざ俺の帰りを待っていたのか？」

「ええ……思い立ったら、早い方が良いかと……」

面食らったようにレオンが目を見開き、フローラはややバツの悪い気分で頷いた。

考えてみれば、こんな風に夜中に待ち伏せしなくたって、明日の朝食時に告げても良かったはず。

でも、レオンは今日も疲れて帰ってくるのだろうと思ったら、自分だけ呑気に眠る気にはなれなかったのだ。

「旦那様、僭越《せんえつ》ですが……」

コホンと咳払いをしてハンネスが何か言いかけたが、レオンが手を振ってそれを止めた。

「解っている。明日は休みをとると、城に連絡してくれ」

「良かった。お休みができるのね」

「ああ。それで、フローラは俺が元気になる為なら、何でもしてくれるんだな？」

ホッとして微笑んだフローラに、レオンが何か期待するようなまなざしを向けてきた。

「もちろんよ。何をすれば良いの？」

書類仕事などの手伝いでも、肩たたきでも、何でも来い！

「明日は市街地にでかけるから、フローラも丸一日付き合ってくれ。貴族と解らないような、目立たない服は持っているか？」

「お忍びということ？　それなら問題ないわ」

即売会などのお忍び用に、庶民風の服は何種類か持っている。

意外な頼みごとに驚いたが、彼は嬉しそうに頷いた。

そして明日、いつもの時間に朝食を食べたら出かけるということになり、フローラはレオンに寝室まで送り届けられた。

「おやすみ。明日は絶対に、一日付き合う約束だぞ」

扉の前でレオンがフローラの手を取り、子どもが約束をするように、小指を絡める。

剣を握り続けて表皮の硬くなった大きな手の感触に、胸の奥がじわりと温かくなる。

毎日顔は合わせていたけれど、こうして直《じか》に触れるのは、結婚式の日以来だ。

自分にも彼を手助けできるのだと嬉しく思うのに、何だか急に照れくさくなってくる。

「約束するわ。……おやすみなさい」

急いでフローラは手を離し、寝室に入った。

やけにドクドク鳴る胸を両手で抑えると、レオンからもらった指輪に手が触れた。

緊急時の通信手段ということで、左手の薬指にはあの晩からずっと指輪をつけたままだが、一度も使った事はない。

当然だ。

この一ヵ月、忙しいとはいえ、フローラは平穏で安全な日々を過ごしていた。レオンを呼び出さなくてはいけないほどの用事もない。

――一人で眠るのが寂しいと、今夜さっそく呼んでくれてもいいぞ。

不意に、これを受け取った後に冗談めいた口調で言った、レオンの声が脳裏に蘇った。

彼は今夜も、客間で眠るようだ。

フローラはまだ起きているのだから、起こさないよう気遣わなくてもいいのに。

ゴクリと唾を呑み、指輪の一番大きな花を見つめた。

ピンクトパーズで造られた花が、部屋の灯りを受けてキラリと光る。まるで、自分に触れてレオンを呼べと、誘惑されているような錯覚に襲われた。

「……」

しばらく逡巡《しゅんじゅん》した結果、フローラは頭を振って寝台に横たわり、灯りを消す。

（私と寝台を共にする必要があるなら、わざわざ言わなくてもレオンはそうするわ）

求婚が嫌なら本気で拒めと、酔ったフローラを寝台に連れ込んで色々とした時のことは、きっちり覚えている。

逆に言えば、跡継ぎづくりを急ぐ必要でもない限り、彼はフローラと床を共にする理由などないのだ。

（それにしても、いきなり街にお忍びなんて、明日は何があるのかしら？）

フローラは思考を切り替えたが、特に思い当たる節がない。

もう少しすれば、建国祭に向けて街は段々と賑《にぎ》やかになってくるけれど、今は目立った催しもないはずだ。

レオンの両親である国王夫妻や、兄の王太子の誕生日なども離れた時期だし、そういう高価な贈り物を買うのなら、贔屓《ひいき》の商人に幾つか候補を見繕わせて屋敷に呼ぶ。

あれこれ考えたが、よく解らない。

（でも、つまり明日はレオンと一日一緒にいられるということよね）

結婚前も、夫婦となってからも、考えてみれば丸一日一緒に過ごすのは初めてだ。

多忙な彼を手伝いたいと申し出たのに、一緒にいられると喜ぶなんて、呑気過ぎるのかもしれない。

（そうはいっても、レオンと一緒にいて、私が少しでも役に立つなら、お互いに好都合というものじゃない）

うんうんと、羽根枕に頭を乗せたまま、フローラは頷く。

（とにかく、原稿を印刷所に持っていくのはミラに頼んで……明日は絶対に、レオンの役に立って……）

考えているうちにだんだんと眠気が訪れ、フローラはワクワクしながら眠りに落ちて行った。


「――お芝居を観るの？」

翌日、レオンと街に出たフローラは、目の前にある劇場の看板を凝視した。

昨日の張り切り具合からして、一体どんな重要案件なのかと思ったら、市街地に新しく出来た劇場に連れてこられたのだ。

お忍びという事で、フローラは夏用の簡素なワンピースに籠のバッグと麦わら帽子、足元は小さな花の飾りがついたサンダルという装いだ。

レオンも簡素な夏物のシャツとズボンという装いだが、精悍で整った彼の顔立ちに、先ほどから通り過ぎる女性がチラチラと目を奪われている。

「そうだ。確か、恋愛ものの芝居は好きなのだろう？」

「ええ、そうだけれど……」

近くの立て札を見れば、確かに面白そうな芝居のあらすじと、公演時間が記されている。本日最初の公演は、じきに始まるようだ。

でも、多忙で疲れているはずのレオンが、手伝いを申し出たフローラを、どうして芝居に連れていくのだろう？

不思議に思っていると、不意に彼が不安そうな顔になった。

「……ひょっとして、もうこれを観たことがあるのか？」

「いいえ。最近は忙しかったから、お芝居自体しばらく観ていないわ」

それを聞くと、レオンがホッとしたような笑みを浮かべた。

「良かった。先日に兄上が観たそうで、面白かったと勧められたんだ」

「兄上って……」

どうやら王太子殿下も、お忍びで庶民用の劇場に出入りしているようだ。

「ほら、もうすぐ始まるぞ」

フローラが呆然としている間に、レオンは窓口でさっさとチケットを二枚購入してくる。

訳の解らないまま、フローラは促されて席に着いた。

庶民用の劇場とはいえ、この劇場は新しいだけあってとても綺麗で、建物の作りも洒落《しゃれ》ている。

（そういえば、最近はこの劇場でお忍びデートをするのが、貴族の若い恋人たちの間で人気だとか……）

情報通のミラが集めてきた情報の中に、この劇場の話があったのを思い出す。

そのうち来てみたいとは思っていたが、意外と早く機会が来たものだ。

興味津々で辺りを見渡していると、客席の照明が落ち、幕が開いた。

芝居が始まり、フローラの視線はたちまち舞台に釘付《くぎづ》けとなる。

「――最高に面白かったわ！」

笑い過ぎて出てきた涙をハンカチで拭い、フローラは興奮冷めぬままレオンと劇場を出る。

小一時間ほどの芝居は、甘酸っぱい初恋の物語でありながら、時には大いに笑える喜劇であり、ホロリと泣けてしまうシーンもあった。

役者も見事だったが、脚本家は天才に違いない。

「殿……いえ、レオンのお兄様がお勧めするわけね」

この国では、レオンもフローラもよくある名前なので、下手に偽名を使う必要もない。

「ああ。俺はあまり芝居を観ないんだが、これは文句なしに面白かった」

レオンも満足そうに頷き、ふと立ち止まってフローラをじっと眺める。

「それに、フローラが楽しめたのなら何よりだ」

ニコリと微笑まれ、フローラの胸がドキリと跳ねた。

以前からレオンの見た目は申し分なく素敵だと思うし、軍服姿の彼ときたら身悶《もだ》えするほどに魅力的だ。

しかしこの素敵な感じは、単に見目が良いというだけでは足りないような気がする。

「と、ところで、芝居は普通に楽しんでしまったけれど、私はこれからどうすればいいの？」

思い切って尋ねると、レオンが目を瞬かせた。

「どうすれば、とは？」

「だって、レオンは何か目的があるから、私もお忍びに付き合うように言ったのでしょう？」

そう言うと、レオンがもう一度目を瞬かせ、何か考え込みはじめた。

「そうだな……次の行き先では、少々辛抱してもらうことになると思う。俺だけでは行くのが難しい場所だ」

真剣な表情で言われ、フローラも自然と気が引き閉まる。

「何があっても私は平気よ。レオンの為なら何でもすると言ったじゃない」

やはり、このお忍びで何か重要なことがあるのだと、勢い込んで答える。

「頼もしいな。では、付き合ってもらおう」

レオンが言い、すっとフローラの片手を握ると、そのまま手を繋《つな》いで歩き出した。

夜会でのエスコートならともかく、街中を異性と手を繋いで歩くなんて初めてだ。

「あの、レオン……」

「なんだ？」

「その……どうして、手を？」

「仮にも夫婦なのに、手も繋いでは駄目か？」

「そうではないけれど……」

レオンの手の感触が身体を伝って、心臓がやたらとドキドキしてくる。

「では、繋いでいても良いな？」

嬉しそうな笑顔で言われ、一際大きく心臓が跳ねた。

「え、ええ……」

殆ど無意識に頷くも、頬が熱くなる。

休日に観劇をして、仲良く手を繋いで歩くなんて、何だかロマンス小説や絵巻に出てくる恋人たちのようだ。

街中の恋人を楽しく眺めても、自身では無縁だと思っていた。

それなのに、ドキドキして緊張しながらも、嬉しくてたまらない。

フローラはレオンと手をつないだまま、石畳の道を進む。

ここは商業地区の中でも、特に飲食店が集まっている通りだ。

パンの焼ける香ばしい香りや、コーヒーの香り、甘いお菓子の香りなど、そこかしこからよい匂いが漂ってくる。

まだお昼には少し早い時間なのに、次々と美味しそうな匂いを嗅いでいると、お腹《なか》が空いてきてしまう。

他の人もそうなのか、飲食店にはどこも客が入り始めている。

「ここだ」

ほどなくしてレオンが足を止めたのは、店と店の隙間にある、細くて薄暗い小路の前だった。

普通に歩き続ければ、こんな場所があることすら気づかず通り過ぎたかもしれない。

――なるほど。危険と冒険の匂いがする。

「解ったわ。行きましょう」

重要なことかもしれないのに不謹慎だが、レオンと冒険なんてワクワクする。

フローラは張り切って小路に踏みだした――が。

「いや、違う。こっちだ」

レオンが首を振り、フローラを止めて横を示す。

「え？」

示された先には、若い男女が長蛇の列を作っていた。

先頭を見れば、お洒落な店構えのカフェがあり、そこの順番待ちをしている列のようだ。

「先に芝居を観るか悩んだが、やはりこの時間でも混んでいたな」

レオンが軽く頭を振り、フローラの手を引いてさっさと列の最後尾に並ぶ。

「もしかして、さっき辛抱すると言ったのは、行列に並ぶかもしれないということ？」

周りに聞こえないように声を潜めて尋ねると、レオンが愉快そうに頷いた。

「そういうことだ。ここもランチセットが絶品だと兄上に勧められていたが、非常に混むのが難点だそうだ。それに、俺だけで来るような店でもないだろう？」

「……確かに」

列に並んでいるのは、殆どが恋人同士か、若い女性だけのグループのようだ。

またもや釈然としないまま、とりあえずフローラはレオンと大人しく列に並ぶことにした。

行列の長さからして相当に待つのを覚悟したが、並んでいる間に、レオンとお喋りをしているだけで時間を忘れてしまう。

特にここ最近、レオンとの会話は朝食時の僅かな時間だけで、話す内容は社交関係や屋敷のことなど必要事項が中心だったから、他愛無い会話を満喫できるのは凄く楽しい。

レオンは夜会で余り喋らないので、令嬢達には寡黙なように思われているが、気が進まない時は無口になるだけだ。

以前から、フローラとは気楽に話せるから楽しいと言ってくれるし、さっき見た芝居の感想など会話が弾む。

気づけばどんどん列が進んで、あっという間にフローラ達の番になった。

案内された店内は、丸太の壁に可愛い小物が飾られた温かみのある内装で、テーブルの合間は適度な高さのパーティションで仕切られている。

完全な個室ではないから変に緊張もしないし、なおかつ他人の目を気にせず食事と会話を楽しめる。まさにデートにうってつけの店だ。

品書きを渡され、レオンは肉をメインにしたものを頼み、フローラは女性に一番人気と書かれたオムレツに決める。

店員が注文を受けて下がると、フローラは改めて店内を見渡した。

「そう言えば、ミラ以外の人とお忍びなんて初めてだわ。今日は、なんだか……」

ふと思い浮かんだまま話してしまいそうになったが、急に自分の言おうとしたことが恥ずかしく思え、慌てて口を閉じた。

「何を言いかけたんだ?」

「あの……やっぱり気にしないで」

「途中で言いかけて止められると、気持ちが悪い」

そう言われ、フローラは観念する。

どうせレオンにはもう、色んな意味で恥ずかしいところを散々見られている仲だ。

「男の人とお芝居を観たり食事をするなんて初めてだから、なんとなく、その……レオンとデートをしているみたいだと思ったの」

「俺は最初から、フローラとデートをしているつもりだったが?」

「ええっ⁉」

しれっと返された言葉に、耳を疑う。

「でも、今日は私に何か手伝わせたいことがあったんじゃ……」

「お前の勝手な勘違いだ。俺は、街に出かけるから一日付き合ってくれと頼んだだけだぞ」

「…………その通りね」

昨日の会話をよく思い返したが、渋々と彼の言い分を認めるしかなかった。

「すまない。フローラも随分と忙しく過ごしているのに、俺の為に何でもするとまで言ってくれたのが、嬉しくてたまらなかったんだ」

レオンが眉を下げて頭を掻いた。

「仕事の手伝いを申し出てくれただけと解っていたのに、厚意につけこんで騙すような真似をしてしまったな」

真剣な様子で謝られ、フローラも思い切って白状することにした。

「謝らないで。私だって手伝いをしたいと言ったのは、レオンともっと一緒に過ごしたい気持ちがあったからだもの」

「本当か？」

驚いたように、レオンが目を見開く。

「ええ。ただ、レオンが疲れきっているのではと心配だったのも本当よ。結婚式からずっと、その……別々に眠っているでしょう？」

最後の部分は、消え入りそうなくらい小さな声になってしまい、余計な事を言ったと後悔した。

これではまるで、夫婦の営みがなくて不満なようではないか。

頬が熱くなり、レオンが聞き逃してくれればいいなと願ったが、彼の耳はとても良かったらしい。

一瞬、レオンは驚いたように目を見開いた後、フローラと同じくらい顔を赤くした。

「いや、それについてだが……」

彼はしばし視線を彷徨わせていたが、観念したように顔をあげた。

「この際だからいい加減に白状する。俺は、お前ほど友人想いのお人好しにはなれない」

「どういうこと？」

「フローラを友人としか見られなければ、求婚などしなかった。グレーデン伯爵夫妻に言った通り、お前が他の男と見合いをするなど耐えられなかったから、俺を選ぶよう迫ったんだ」

正面から、しっかりと視線を合わせて告げられた言葉に、息を呑む。

「で、でも、婚約を申し込みに行く時、特に結婚したい相手はいなかったと言っていたのに……」

「あれは、フローラの他に結婚したい相手はいなかった、という意味で言ったんだ」

レオンが額を押さえ、声を潜めて呻いた。

「お前が、自分を恋愛対象に見られるのは苦手だと知っている。それなのに求婚を受けたのは俺を特別に思ってくれていたのだと勘違いして……」

レオンは深い溜《た》め息《いき》をついて言葉を切り、また口を開いた
「結婚式の晩にようやく、お前が結婚のことで困っていたから手を差し伸べたと、そんな風に誤解されているのに気づいた。」

「あ……」

初夜に遅く帰ってきたレオンとの会話が、瞬時に脳裏に蘇る。

「すぐ誤解だと説明するべきだったが、お前に愛されていると勘違いしていた自分が惨めに思えて、どうしても言えなかったんだ。かといって、義務だけで床を共にされるのも嫌だったから、毎晩わざと遅く帰って別の寝室を使っていた」

「じゃあ、もしかして休日をとる暇がないというのも……？」

「嘘だ。休日も無理に仕事をつくって城にいるから、兄上に鬱陶しいと事情を聴きだされて、このデートコースも前から提案されていた。それで昨夜、お前が何でもすると言うから……ほら、こうしてお前に下心を抱いて連れ出す男もいるんだぞ。何でもするなんて軽々しく言うな」

気まずそうにボソボソと呟くレオンは、もう耳まで真っ赤になっている。

――か、可愛い‼

そんなレオンを、フローラは興奮しすぎて声もせずに凝視した。

「はぁ……情けないところを見せたな。こんな男では、好かれるどころか幻滅されて当然だ」

力なく苦笑したレオンの手を、とっさに立ち上がって、テーブル越しに握りしめた。

「幻滅なんてしないわ！」

「そ、そうか……？」

「ええ！　レオンは普段から隙が無い感じだけれど、悩んだり落ち込んだりもする姿も素敵よ！」

むしろ、いいもの見せてくださってありがとうございますと、拝みたい気分だ。

フローラは昔から、騎士をヒーローに描いた恋物語が大好きだ。軍服には無条件で萌えるし、常に威風堂々としている強い騎士の話は、文句なしに素晴らしいと思う。

しかし、その強い騎士も人間であるがゆえに完ぺきではなく、強さの裏に隠していた不安や悩みを、ふとした瞬間に露わにしてしまう……そういうシチュエーションが大好物なのだ。

「そう言ってくれるとありがたいが……」

鼻息も荒く身を乗り出したフローラに、本気の熱意を感じ取ったのだろう。

困惑しながらもホッとしたようなレオンを見て、フローラは少しだけ冷静になる。

急いで彼の手を離し、椅子に腰を下ろす。

「事情は解ったけれど、私だって誰でも構わずに何でもすると安請け合いはしないわよ。それにきっと、レオンだからこそすんなり求婚を受ける気になったと思うの」

ここは重要なところだから、きちんと訂正しておくべきだと思った。

「フローラ……」

「私もあんな失礼な誤解をしたのだから、信じてもらえなくて当然だわ。けれど、もしお見合いで引き合わされた人が、レオンと同じくらい私の趣味に寛容だったとしても、やっぱり気は進まないの。どんな手を使っても破談にしようと頑張る自分の姿が、簡単に想像できるのよ」

「じゃあ、お前にとって俺は……特別だと思って良いのか？」

不安と期待の滲むような、少し掠れた声で問われ、フローラの心臓がドキリと跳ねた。

ここで頷くのは、レオンに恋をしているという意味だ。

物語や他人の恋愛に夢中になれても、いつだってフローラは傍観者だった。

何か、恋愛を遠ざけたくなる悲痛な出来事があったわけでもない。

ウサギが肉を食べず、獅子《しし》が草を食べないように、ごく自然に自分の恋愛は避けていた。

（私にとって、レオンは……）

彼に相応しい美女との恋物語を、今はもう楽しんで夢想できない。

「特別よ」

きっぱりと断言した。

「私、人生は楽しく幸せに生きたい主義なの。レオンがいない人生なんて、想像もしたくないわ。貴方はそれくらい、私にとって特別なの」

思い切って告げ終わった時、大きな盆を持った店員がすっとテーブルの前に来た。

「お待たせしました！　Ａセットのお客様は？」

「あ、はい」

明るい声を張り上げる店員に、フローラは強張った顔のまま片手をあげる。

店員はギクシャクしたフローラとレオンの空気を微塵も気にする様子はなく、テキパキと皿をテーブルに並べて去っていった。

「解ったが……とりあえず、冷めないうちに食べよう」

コホンとレオンが咳ばらいをした。

「そ、そうね」

フローラも頷き、フォークとナイフを手に取る。

さすがは王太子殿下がお勧めする店だけあり、ふわふわのオムレツも新鮮な野菜を使ったサラダも、非常に美味しい。

しかし、レオンと一緒にとる食事だからこそ、いっそう美味しいのだろう。くすぐったいような嬉しさを感じ、密かにフローラは微笑んだ。


昼食の後は、広々とした中央公園を散策したり、雑貨店を覗いたりして、外出を思い切り満喫して屋敷に戻った。

夕方にお茶をしたので夕食は軽いものをとり、フローラは湯浴みを済ませると、恐る恐る寝室に入る。

「……手と足が一緒に出ているぞ」

寝台に腰を下ろしていたレオンにツッこまれ、フローラは立ち止まって赤面した。

「図太い私でも、さすがに緊張しているのよ。皆にもやけに張り切られて……まるで、初夜みたい」

部屋つきのメイド達は、いつも己の職務に誇りを持って女主人の世話をしてくれている。

しかし、レオンが今夜からフローラと寝室を一緒にすると聞き、いっそう気合が入ったようだ。

結婚式をした晩よりも時間をかけて隅々まで磨かれ、昼食時のやりとりを打ち明けたミラにも
『頑張ってくださいね！』と、表情でこっそり応援された。

「実質的に初夜だろうが」

レオンが立ち上がり、フローラに近づいたかと思うと、いきなり横抱きにされた。

「きゃっ⁉」

突然の浮遊感に驚き、反射的にレオンの首に両手を回して抱き着く。

ニヤリと口角を挙げた彼は、まっすぐ寝台へ行き、慎重な手つきでフローラを横たえた。編まずに垂らしてある桃色の髪を一房掬《すく》い、口づける。

「フローラ……今日こそ逃がさないからな」

熱に浮かされたような目で見つめられると、ゾクリと背筋が戦慄いた。

一糸まとわぬ裸身で彼と抱き合ったのは、もう四か月も前のことだ。

しかし、触れあう肌の感触や、与えられた快楽まで思い出し、とたんに猛烈な羞恥に襲われた。

とっさにフローラは身を起こし、レオンに背を向けて距離をとろうとしたが、あっさりと後ろから抱きしめられる。

「この期に及んでまだお預けをさせる気か？　往生際が悪いぞ」

耳元に吐息がかかり、顔が火を噴きそうに熱くなった。

「ごめんなさい……ただ……」

「ん？」

心臓が壊れそうな程に激しく脈打ち、首筋まで薄っすらと赤みを帯びてくる。

「レオンが私にとって特別な人だと気がついたら、急に恥ずかしくなって……どんな顔をすればいいのかわからないというか……」

これは今日、レオンに異性として好意を寄せられていると告白され、自分も同じように彼を特別に思っているのを自覚したせいだと思う。

彼が自分のどのあたりを気に入ってくれたのかは不明だが、少なくとも女性を見た目だけで選ぶ人でないのは知っている。

それでも、好きな人に至近距離で見つめられると、恥ずかしくてたまらない。

顔がやたらに引き攣って、どこに目線をやればいいのかとか、頭がグチャグチャになる。

「それなら、しばらくこのままでいればいい」

レオンがくすりと笑い、片手でフローラを抱きしめたまま、もう片手で寝衣の腰帯をシュルリと解く。

「っ⁉」

夏物の薄い寝衣は、腰帯を解けばすぐに脱げる造りだ。

はらりと前が開き、真っ白な乳房が露わになる。

「あ……っ」

慌てて胸を手で隠そうとしたが、レオンの方が早かった。

「こっちを向く気になったら、言ってくれ」

抱きかかえられたまま、胸の膨らみをやわやわと揉みしだかれる。

（これだって、凄くドキドキするのだけど……）

レオンはまだ寝衣をきちんと着ているが、密着している背中から、厚い胸板の感触や体温が伝わって来る。

不意に、腰の後ろに硬くて大きな熱が押し当てられ、フローラはビクンと肩を跳ねさせた。

それが何かは、言われなくても解る。

しかし、以前は殆ど夢現だったから怯《おび》えなくて済んだが、改めて背後に感じる男性器はひどく大きいように思う。

思わず顔を引き攣らせて腰を離そうとしたが、レオンに抱きとめられる。

「逃がさないと言っただろう」

「に、逃げようとしたわけじゃ……んんっ！」

胸の先端を強く摘まれ、痛みと紙一重の快楽が背筋を走った。

「そのようだな。ここがすぐに硬く膨らんできた」

レオンが喉を鳴らして笑い、赤く色づいた乳首を指の腹でクリクリと転がされる。

「ぁっ……あ……や……そういうこと、言わな……で……ああっ」

「褒めているんだ。俺に触れられて感じやすいフローラは、最高に可愛い」

レオンがくすりと笑い、フローラの首筋に顔を埋める。

温かな舌が首筋を這《は》い上《あが》り、耳朶を軽く噛まれた。

「ひゃんっ」

ゾクゾク背筋を疼かせる感覚と、耳に響く大きな濡れ音に、フローラは身を竦ませる。

「もっと感じさせたい」

レオンが座ったまま、フローラの足に自分の足を絡め、大きく左右に開かせた。

「っ……」

寝衣の前が完全にはだけ、フローラは息を呑む。

レオンが片手で乳房を揉みしだきながら、もう片手をゆっくり下に動かしていく。

肌の感触を楽しむように平らな腹部を撫でまわし、臍《へそ》の下をつうとなぞった指が、陰部を覆う白絹の下着に到達する。

「フローラに何でもすると言ってもらえるのも、ここに触れて良いのも、俺だけだ」

少し掠れた低い声で囁かれ、大きな手が下着の上から秘所を撫でる。

「ああっ」

疼き始めていた場所から強烈な愉悦が湧き、フローラは甘い悲鳴を上げた。

花弁の奥に溜まっていた蜜が溢れ、下着の中に濡れた感触が広がる。

「あ……や、待っ……」

レオンが下穿きの紐を解いて脱がせ、蜜口に直接触れてくる。

クチュ、といやらしい音がたち、甘い痺れが全身に走った。

「ひっ、あ……あ……ぁ、ああ……っ」

腹の奥が熱くなり、また蜜が溢れだすのを感じた。

「凄いな。少し触れただけでこんなに溢れて、ひくひく震えて来たぞ」

レオンの指が溢れた蜜を掬い、蜜口をくすぐるようにクルクル撫でまわす。

「ああっ！　そんなの……はぁ……わからな……ぁ……あぁ……」

熱く疼き続ける奥からとめどなく蜜が零れ、瞳も快楽に潤んでいく。

気持ちいい。気持ちよくてたまらない。

肌を粟立たせる快楽の熱は、フローラの中で狂おしいほどに高まり続けて、濡れそぼった蜜口がひくひくと切なく蠢《うごめ》く。

この先にある、頭が真っ白になるほどの、あの鮮烈な快楽が欲しい。

たった一度なのに、フローラの身体はレオンに教え込まれた快楽をしっかりと覚えていて、貪欲にそれを求める。

「あ、ああ……レオン……」

背後から自分を抱きしめるレオンに、フローラは無意識のまま甘えるように身体を擦りつけていた。

「はぁ……お前はいつだって可愛い」

レオンの熱い吐息が耳にかかり、いっそう愛撫が激しくなる。

片手で胸を揉みしだきながら、掌全体《てのひら》で秘所を撫でられ、充血して赤く膨らんだ花芽を摘ままれると、たまらなかった。

「ふ……あ、あ……だめ、あ、あぁっ……！」

堪えきれないほどの愉悦に全身を貫かれ、フローラは頤を反らして高い声を放った。

秘所から噴き出た透明な水が敷布を濡らし、ガクガクと大きく身を震わせてから、脱力した身体をレオンに預ける。

「は……ぁ……ぁ」

達した余韻に放心したフローラを、レオンがそっと寝台に横たえると、覆《おお》いかぶさってきた。

「フローラ、愛している」

レオンの手が顎にかかり、唇が重なる。

表面だけを合わせる穏やかな口づけが心地よく、フローラは、ほぅと息を吐いた。

啄《ついば》むような口づけを何度も落とされ、唇の表面をゆっくり舐められる。

もう恥ずかしがる気力もなかった。

徐々に口づけが深くなり、微かにほどけた唇の隙間を、彼の舌が割り開く。

口内に侵入した舌が、フローラの舌をからめとり、柔らかな粘膜の擦れる音が立った。

「ふっ……ぅ……ん」

唾液が口の端から溢れるまで深い口づけを交わしてから、レオンが優しくフローラの額に口づける。

「すぐに入れたくてたまらないが、慣らさなくてはな」

彼は力の入らないフローラの足を大きく開かせて、閉じられないように自分の身体をその間に挟んだ。

達したばかりで口を開いている秘所が、彼の前に晒されている。

もう抗《あらが》う気力もないまま、いたたまれなくて視線を逸らすと、彼の指先がクプンと蜜口に沈んだ。

「んっ」

愛液に濡れたそこは柔らかく解《ほぐ》れ、レオンの指を難なく受け入れる。

「痛まないか?」

「う、ううん……大丈夫……」

小さく頷くと、レオンの指が中を確かめるように動きはじめた。

ゆっくり抜き差しを繰り返し、時おり中でぐるりと回されて、刺激された膣壁がヒクヒク蠢く。

「フローラの中は狭いのに、熱くて柔らかくて、俺の指に絡みついてくる」

恍惚とした声で囁かれ、差し込む指を一本増やされた。

「あ……あっ、あぁ……」

「良い声だ。ずっと聞いていたい」

レオンの指が体内でゆるやかに蠢き続け、溢れた蜜を塗り込めるように、敏感な花芽をこねまわされる。

「っ……あ、あぁ――――!」

身体の内側に触れられているのに、嫌悪や恐怖は既になかった。

相変わらず恥ずかしいけれど、レオンが熱に浮かされたようにこちらを見つめるのが、それ以上に嬉しい。

ただの友人でなく、フローラを一人の女性として求め独占したいと、強い視線が物語っている。

彼に、求められている。

そう思うと、心臓の奥がキュウと締め付けられるみたいな気がして、多幸感でいっぱいになる。

「あ……はぁ……恥ずかしい、けど……レオンにならっ……こうされて、嬉しい……」

陶然としながら呟くと、レオンがゴクリと喉を鳴らした。

「お前は……また、そうやって俺を煽《あお》ることを……」

「え……ごめんなさい、何か……んっ！」

彼に悪いことを言ってしまったのかと思ったが、いきなり深く口づけられた。

舌を絡めながら、二本の指でぐちゅぐちゅと蜜壺をかき回される。

「んっ、んふ……ぅ……」

抜き差しされるたびに、とめどなく蜜が溢れ、尻を伝いおちた。

重ねた唇の合間と、弄られる蜜口。両方から淫靡な水音が合わさって室内に響いた。

「ふ……ぅ……はっ……ん……」

膨らんだ胸の先端も弄られ、どこもかしこもレオンの愛撫にせめたてられる。

刺激的すぎて怖いほどなのに、レオンに触れられているのだと思うと、やはり拒絶しようとは思えない。

淫らにひくつく膣壁を擦られ、陰核への責めも激しさを増していく。

包皮を剥《む》いたり被《かぶ》せたりしては、円を描くように揉みつぶす。

達したばかりの身体は貪欲に快楽を拾い集め、あっという間に溜まった快楽があえなく爆ぜた。

「っー！」

舌を絡めて声を封じられたまま、ビクビクとフローラは身を震わせる。

「っは……もう、限界だ」

レオンが掠れた声で呟き、ズルリと中から指を引き抜くと、手早く寝衣を脱いだ。

必要なだけの筋肉が適所についている、鍛えられて引き締まった裸身が露わになる。

普段のフローラなら、彫刻のように見事な上半身の肉体美だけに目を奪われ、スケッチさせてと夢中で懇願したかもしれない。

しかし、二度目の絶頂を味わい、快楽の余韻に打ち震えている今は、そんな余裕などなかった。

焦点の合わぬ瞳で荒い呼吸を繰り返すのみだ。

「はぁ……は……っ」

レオンが放心しているフローラの腰を掴み、大きく広げさせた。

蕩けた秘所に、熱くて硬い屹立《きつりつ》が押し当てられる。

「っ！」

グチュリと花弁を割り開いた肉杭の切っ先に、その大きさと太さを生々しく認識してしまう。

フローラは息を詰め、媚肉が怯えるように収縮した。

正式に婚約を交わす前に、レオンと床を共にしてしまったが、なんとか最後の一線は越えなかった。

フローラが正常でないのに純潔を散らすのは良くないと、レオンが躊躇《ためら》ったからだ。

しかし、今夜は違う。

「挿《い》れるぞ」

切羽詰まったような早口で言い、レオンが腰を進める。

「ひっ、う……ぁ、あっ、あああぁっ！」

剛直が桃色の粘膜を強引に広げ、ずぶずぶと中に埋め込まれていく。

十分に濡れて慣らされていようと、蜜穴を犯す肉杭は、処女には辛い大きさだった。

「あ、あぁ……っ、く、ぅ……」

フローラは歯を食いしばり、指先が白くなるほど敷布を強く握りしめる。

破瓜《はか》の痛みは辛いと聞いて覚悟はしていたが、身体が二つに裂かれてしまうのではと思うほどだ。

「くっ……きつい……少し力を抜いてくれ」

痛みに驚いて膣壁が収縮し、雄を締め付ける。

レオンに眉を寄せて呻かれるも、フローラとてどうすることもできない。

「う、うう、っ……そう言われ……ても……」

「フローラ……すまないが、一瞬だけだ」

何かを決意したようにレオンが深く息を吐き、しっかりと抱きしめられた。

次の瞬間、じりじりと埋められていた雄が、一息に最奥まで押し込まれる。

「っ――――‼」

鋭い痛みに貫かれ、フローラは悲鳴の形に口を開けたまま、衝撃に身を戦慄《わなな》かせた。

大きく見開いた目から、透明な涙がどっと溢れて頬を伝う。

「はっ……あ、はぁ……あ、あぁ……」

「全部入ったぞ。痛い思いをさせてしまったな」

レオンが熱い息を吐きながら、激しく胸を喘がせるフローラを、あやすように抱きしめて髪を撫でる。

「だ、大丈夫……っ……」

微かに身じろぎした拍子に、結合部からタラリと何かが零れる感覚があった。

愛液とは少し違う感じがしたそれはきっと、レオンに処女を捧《ささ》げた証だろう。

「ようやく、お前を俺のものにできて嬉しい」

額に汗を滲ませたレオンが、心底嬉しそうに微笑んだ。

「はぁっ……わたしも……嬉しい……」

まだ下腹部は痛むが、それ以上にレオンと結ばれたのが嬉しい。

彼を気の合う友人としか見続けず、娶《めと》ってもらった以上は夫婦の営みも必要だというだけで身

体を重ねたら、こんな幸福感は得られなかったと思う。

「すぐには動かないから、ゆっくり息を吐け」

ありがたく気遣いを受ける事にして、フローラは呼吸を整えようと努めた。

「は……ふぅ……」

腹の中をいっぱいに押し広げる、熱く脈打つ肉杭の存在を感じる。

レオンは額に張り付いたフローラの前髪を優しく払い、触れるだけの口づけを何度も繰り返しては、わき腹や胸をそっと撫でる。

穏やかで優しい愛撫に、少しでもフローラの負担を軽くしようとしてくれているのが、ひしひしと伝わってきた。

痛みが僅かに薄れ、力強く脈打つ雄に、膣壁が柔らかく絡みだす。

「っ……そろそろ動いても良いか？」

「……ええ」

耐えかねたように尋ねられ、コクンと頷いた。

レオンがフローラの腰を抱えなおし、慎重に動き出す。

しかし、いきなり激しく動こうとはしなかった。緩やかな律動を繰り返し、ぷくりと膨らんだ胸の先端を弄る。

あくまでも優しく、相手の快楽を引き出そうとする動きだった。

次第に、下腹部の奥がきゅんと切なく疼き、咥《くわ》え込んだ雄を締め付けて淫らに蠢めきだす。

「あ、あぁ……」

眉を寄せ、熱い吐息を零し始めたフローラの変化に、レオンはすぐに気づいたようだ。

「気持ちよくなってきたか？」

「っ……ん……うん……きもちいい……」

秘所からは新たな蜜が溢れ、身体の奥が疼いてたまらない。

もっと刺激的な快楽が欲しいと、隘路《あいろ》全体がヒクヒクと蠢き、体内で脈打つ熱くて太い雄を締め付ける。

素直に頷くと、レオンがゴクリと唾を呑む音が聞こえた。

「初めてなのに、こんなに感じやすくていい反応をされるとは思わなかった」

「……それ、良い事なの？　それとも、悪い事……？」

不安になってレオンを見上げると、頬を紅潮させた彼が、目を細めて笑った。

餓《う》えた獣が、獲物を捕らえた時のような……この上なく嬉しそうで獰猛な笑みだった。

「良いどころか、最高だ」

答えるなり、レオンはフローラの腰を抱えなおし、律動を速める。

今までの穏やかな動きとは一転し、激しく抜き差しを繰り返しては、時おりぐるりと腰を回して媚肉を刺激する。

「ひっ、や、あぁっ……待っ……あぁぁ！」

抜ける寸前まで引き抜かれた熱杭が、一息に押し込まれて子宮口を穿《うが》った。

痛みと快楽が混ざり合い、蜜で濡れそぼった隘路が肉杭を締め付ける。

肌を打ちつけ合う音が室内に響き、ぐちゅぐちゅ、じゅぷじゅぷと、繋がった部分から粘り気のある卑猥《ひわい》な水音がたつ。

「ふ、ぅっ……は……んんんっ！」

不意に、硬い先端で臍の裏側の辺りを擦られ、言いようのない快楽に身を震わせた。

「ここか」

レオンがニヤリと笑い、重点的にそこを攻め始めた。

「あっ！　やっ、あ、そこ……駄目ぇ……」

雄の先端で感じる場所をグリグリと抉《えぐ》られ、頭の芯まで焼ききれそうな刺激が走る。

それでも経験の浅い身体は、内部の刺激だけで上手く快楽を吸収しきれない。

敷布を両手で掴んで身をくねらせていると、レオンが結合部に手を伸ばした。

女の一番弱い箇所。真っ赤に熟れた花芽を指で摘まれ、ビクンと膣壁が大きく収縮する。

「あああぁ！」

フローラは限界まで背を反らし、高い声を放った。

全身を戦慄かせる法悦に、頭が真っ白になる。

蜜壺全体がひくつき、埋め込まれた肉杭に熱い蜜を浴びせて締め付けると、レオンも低く呻いた。

逞《たくま》しい腕がフローラを抱きしめ、膨らんだ雄が大きく震えて、先端から熱い飛沫が噴き出す。

「あ……っ……あ……」

子種を出されたのだと、惚《ほう》けた頭の隅でチラリと理解した。

「ふ……っ」

レオンが固く目を瞑り、食いしばった歯の隙間から息を漏らした。

フローラの中で肉杭は何度も大きく痙攣《けいれん》し、ビュクビュクと精を吐きだし続ける。

「はふ……あ、あぁ……」

注がれる長い吐精に悶え、フローラも夢中で彼に抱き着いた。

どちらからともなく唇を合わせ、舌を絡め合う。

——そして、濃密な初夜はフローラの体力が尽きて気を失うまで続いたのだった。

# 第四章

気持ちが通じ合ってからというもの、レオンの帰宅は格段に早くなった。

そして帰るなりフローラを抱きしめ、毎晩情熱的に抱く。

どうやらレオンの体力は底なしにあるようで、熱心に抱かれるフローラは、翌朝に足腰が立たなくなるほどだ。

しかし、ロマンス絵巻にかける時間だって相変わらず大切だけれど、レオンと過ごす時間も同じ……いや、それ以上に大切で幸せだ。

それに、レオンは自分の欲求だけを大事にする人ではない。フローラを愛して、宝物みたいに大切に扱ってくれる。

大切な用事がある時などは、ちゃんと伝えて夜の営みも加減してもらうので、そう悩むこともなかった。


そうやって半月ほど経った、ある日の午後。

フローラはミラを連れて、王城の庭を歩いていた。

本日は王妃――つまりレオンの母が茶会を開くので、フローラも呼ばれたのだ。

レオンとは夜会でしょっちゅう顔を合わせていたとはいえ、誰も来ないような隅っこでお喋りをしていただけだ。

グレーデン伯爵家は特に目立たない中堅貴族だし、父も政治的野心とは無縁な人なので、フローラが国王夫妻や王太子と直に言葉を交わしたのは、結婚の許可を求める時が初めてだ。

エーデルシュテットの王位は、国王の長男が第一継承権を持つ決まりだが、弟王子が兄を押しのけて王位につくなど、骨肉の争いはいつの時代もありがちだ。

数年前にも、武勇に優れた第二王子こそ王に相応しいと、野心家の貴族たちがレオンを持ち上げて派閥を作っていた。だが、当の本人が兄を推すと公言して臣籍降下したので収まったそうだ。

そして実際に会った国王夫妻と王太子殿下は気さくな人柄で、レオンとは本当に家族の仲が良さそうだった。

レオンが選んだ相手なら間違いないと、フローラとの結婚も快く祝福してくれ、ホッとした。

フローラはレオンが好きだから、彼の家族にも受け入れられるのは嬉しい。

手入れの行き届いた王宮の庭は、庭木と腰の高さほどの常緑種の垣根が上手に配置され、季節ごとに植え替えられる花壇の花が彩を添える。

今の時期は、色鮮やかな夏の花が見事に咲き誇り、真夏の日差しの下で見れば南国に来たような気分を味わえるだろう。

今日は生憎《あいにく》と薄曇りだが、雨の降りそうな気配もなく、日傘も必要ないほど涼しいので庭を散策するのにはちょうどいい。

「サロンに向かうにはまだ早いわね」

王宮の時計台を見上げて、フローラは時刻を確認する。

王妃の茶会は本殿のサロンで開かれるが、張り切って早く着きすぎてしまったので、時間まで庭を散策していたのだ。

「そうですね。もう少ししてからの方が宜《よろ》しいかと」

ミラが頷いた時、急に強い風が庭を吹き抜けた。この時期はたまに、非常に強い突風が吹くのだ。

草木が大きく揺れ、フローラは反射的に目を瞑る。

その途端、バサッと何かが顔にぶつかった。

「きゃあっ！」

大して痛くはなかったが、急に得体のしれない物が顔にぶつかると、背筋がゾワッとする。

反射的に手を振り回しつつ目を開くと、足元の芝生に落ちている小さなスケッチブックが目に入った。

「これ、誰のスケッチブックかしら？」

フローラはかがみこんで、スケッチブックを拾い上げる。

ポケットにも入りそうな小型のスケッチブックは、ありふれた市販のものだ。

辺りにスケッチをしている人は見えないが、どこからか今の突風に飛ばされてきたのだろう。

「表紙には何も書かれていないわね」

表紙と裏を確認し、持ち主の手掛かりがないかとスケッチブックを開いた瞬間、フローラは息を呑んだ。

レオンにそっくりな、軍服を着た黒髪の精悍な騎士の立ち絵が、鉛筆で描かれている。その下には、『ディートハルト』と記されていた。

隣で覗き込んでいたミラも、同じように息を呑み、二人で顔を見合わせる。

「ミラ、これって、もしかして……」

「フローラ様、これは、まさか……」

動揺のあまり、二人とも完全に声が裏返っていた。

適当に開かれたスケッチブックのページには、微笑んで見つめ合う姫と騎士の絵が、鉛筆で繊細に描かれていたのだ。

しかし、単に上手な絵というだけだったら、フローラたちは感心こそすれ、ここまで動揺はしなかっただろう。

「……ミラ、私にはここに描かれているのが、クリスティーナ先生の作品に見えるのよね」

「……奇遇ですね、フローラ様。私もそう見えます」

何となく小声で囁き合い、すっかり見慣れたタッチの絵をまじまじと凝視する。

『クリスティーナ先生』とは、フローラが愛読している【私の騎士と僕の姫】の作者だ。

他にも数々のロマンス絵巻を作り出しており、即売会では開始数秒で、売り場の前に長蛇の列ができる。

ロマンス絵巻の愛好家なら、まず知らない人はいないほどの人気ぶりだが、本人は一切姿を現さないことでも有名だった。

フローラも即売会には身分を隠して売り場を出すし、貴族でなくても大抵の参加者は、目元を隠す仮面をつけて仮名で呼び合う。

ちょっと怪しいが、仮面舞踏会みたいなものだ。

しかしクリスティーナの場合、即売会に毎回出店はするが、本人は来ない。

売り場にいる仮面をつけた少女は、自分は販売を頼まれただけなのだと言い張り、握手もサインも全て断ってしまう。

幾つかある出版社も、クリスティーナほどの売れ行きならば商品に出来ると、本人に連絡を取りたがっているのだが教えてもらえないそうだ。

そんな謎めいたロマンス絵巻作家のスケッチブックと思しきものが、フローラの手の中にある。

「……でも、この一枚だけで持ち主を断定するのは早計じゃない？」

ゴクリと唾を呑み、フローラはミラを横目で見た。

「そ、そうですよ。あれは人気で、真似をして描く人も多いのですから」

ミラも横目でスケッチブックを眺め、コホンと咳ばらいをした。

「持ち主の名前が書いてあるわけでもないので……もっと見ないことには……」

「そうよね、もう少しだけ、手掛かりを……」

もっともらしい会話をしながら、フローラはミラと、植え込みの陰にしゃがみ込む。

持ち主が不明でも、正面玄関にある受付に、遺失物として渡せばいいだけの話だ。

要するに、人のものを勝手に覗き見したいがための、言い訳である。

このスケッチブックが本当にクリスティーナのものならば、ぜひ中を見たい。

一枚ずつページを捲《めく》っていくと、ディートハルトやアメリアを始め【私の騎士と僕の姫】のメインキャラクターたちが見事に描かれている。

「うわぁ、綺麗……」

「この横顔とか、最高ですね……」

罪悪感をひしひしと味わいながらも、手が止まらない。

どれも、見惚れるほど綺麗な絵ばかりだが、相変わらずスケッチブックの持ち主に関する情報は何もない。

しかし、描き途中と思われる最後のページを開いたところで、フローラは大きく目を見開く。

そこには【私の騎士と僕の姫・続編】と記され、新キャラクターの絵と設定が、仔細《しさい》に書きこまれていたのだ。

「やっぱりこれは、クリスティーナ先生のスケッチブック！」

異口同音にミラと叫んだ瞬間、しゃがみこんでいた植え込みの向こうから、大きな声がした。

「わあああっ！」

フローラとミラがギョッとして立ち上がると、そこにいたのは細身の青年だった。

歳はせいぜい二十代の半ばだろう。細面の顔立ちは、いかにも人が良く気弱そうな雰囲気で、緩く癖のある茶色の髪をしている。

文官よりも簡素な宮廷服を着て大きな画材用の鞄を片掛けし、画家の身分を示す帽子を被っている装いから、宮廷画家の一人と思われる。

「そ、それを……今、クリスティーナと……」

青年は顔を真っ赤にして、フローラの持つスケッチブックを指した。

「ええ。風で飛んできたのですけれど、もしかして貴方は……」

クリスティーナの知己なのかと思って尋ねかけた瞬間、青年がその場で盛大に頭を下げた。

「お願いです！　僕がクリスティーナだと、誰にも言わないでください！」

「……え？」

予想の斜め上を行く青年の言葉に、フローラは耳を疑った。

「貴方が、クリスティーナ先生なのですか？　お知り合いとかではなくて、ご本人……？」

フローラの問いに、青年は盛大に墓穴を掘ったことに気づいたようだ。

ハクハクと何度か口を開け閉めしたあと、がっくりと項垂《うなだ》れて頷く。

「……はい。僕がそのスケッチブックの持ち主で、一部の場所ではクリスティーナと名乗っています」

人の良さそうな見かけ通り、嘘や言い訳は苦手のようだ。

「どうか顔をあげてください。謝らなければいけないのは、好奇心に負けて、勝手に中を見た私のほうです」

今さらながら、自分の身勝手な行いが恥ずかしくなる。

この青年がなぜ女性の名でロマンス絵巻を出しているのかは判《わか》らないが、それはフローラに関係のないことだ。

誰にだって、知られたくないことはあるだろうに。余計な好奇心で首を突っ込まれたら、嫌な思いをするのは当然である。自分のしたことは、最低だった。

フローラはスケッチブックを彼に渡すと、深く頭を下げた。

「私も同罪です。大変申し訳ありませんでした」

ミラも深々と頭を垂れる。

「いいえ、元はと言えば、僕の不注意で飛ばされたものです。お嬢様方に謝られるなど……ただ、どうか事情を聞いていただければと……申し遅れました。僕は宮廷画家のクリストフと申します」

しどろもどろに青年――クリストフに言われ、まだ気まずいながらもフローラとミラは顔をあげ、自分たちも名乗る。

そして、クリストフの話を聞くことにした。

クリストフは貧しい平民の家に生まれたが、芸術家の支援者として名高いベッカー侯爵の開いたコンテストで才能を認められ、絵画を本格的に学べるよう支援を受けたそうだ。

そこで実力を伸ばし、侯爵の推薦で宮廷画家になって作品を描く一方、プライベートな時間ではロマンス絵巻の制作にも熱を入れていた。

ロマンス絵巻を書き始めたのは、たった一人の家族である妹に、こういう絵も描いてみてくれと強請《ねだ》られたのがきっかけだ。

最初は妹の為だけに時々描いていたが、次第に自分で作りだした登場人物に愛着が湧いて、描くのが楽しくなった。

妹も、自分だけが見るのでは勿体ないと言い、即売会に出品するのを勧められた。

だが、ロマンス絵巻は描くのも読むのも、基本的に女性ばかりだ。

即売会はどんな雰囲気なのかと、試しに様子を見に行ったら、男性は自分だけ。仮面で顔を隠しているとはいえ、思い切り場違いな感じに戸惑った。

しかも近くにいた女性たちが『男が来ないでよね、気持ち悪い』と、ヒソヒソ言っていたのが聞こえてしまったのだ。

どうやら女性だらけの場所に、ナンパ目的で来たのだと誤解されたらしい。

そこで、本名のクリストフをもじって『クリスティーナ』と女性の名で出品することにし、販売は妹に任せ、素性は徹底的に隠すことにしたというわけだった。

「——予想以上に多くの方が作品を求めてくれたのは嬉しいのですが、女性の名を騙《かた》っている以上、皆さんを騙しているようで段々と後ろめたい気持ちになってしまって……」

重い溜息をついたクリストフを前に、フローラとミラは思わず顔を見合わせた。

「その……即売会では一時期、ロマンス絵巻を好きな女性は恋愛に飢えていると勘違いした男性がやってきて、手当たり次第に声をかける問題が起きたんです。ねぇ、ミラ?」

「はい。件《くだん》の女性たちはそれで警戒したのでしょうけれど、男性というだけで罵倒するのは酷いと思います。嫌な思いをなさったでしょうが、全員がそんな人ばかりではありませんから、どうか気になさらないでください」

「ありがとうございます。ただ、妹にもそうした事情は聞いたので、やはり男が描いているのだとは知られない方が、買ってくださった方にも良いだろうと思いました」

クリストフが苦笑し、足元の鞄に入れたスケッチブックを悲しそうに眺めた。

「いっそ、次の即売会も欠席にして、クリスティーナとしての活動を全て辞めようかと悩んでいたところ、突風が吹いてスケッチブックが飛ばされてしまったのです」

「そんな……っ！　騙しているなんて後ろめたく思う必要は、全くありません！」

思わずフローラは、クリストフに一歩詰め寄って力説した。

「え……ですが、貴女方もクリスティーナは女性だと思っていたのでは……」

「確かにそう思いこんでいましたが、男性だからと言ってショックを受けたりはしませんよ」

「そ、そうですか」

「ええ。そもそも即売会では仮名で出品するのが当然で、素性などあかさないのが普通です。そして購入者が求めるのは、書き手の性別ではなく、作品の出来栄えではありませんか」

自信を持って断言すると、ミラがニコリと微笑んだ。

「私もフローラ様に同感です。世の中には様々な人がいますから、書き手の素性を知れば不快なことを言う人もいるかと思いますが、そういった方には『嫌なら買うな』で宜しいかと」

「そうよね。即売会でのマナーやルールさえ守れば、読むのも読まないのも、描くのも描かないのも自由よ。趣味なんだから、楽しまなくては」

ミラと頷き合っていると、クリストフがポカンとした顔で呟いた。

「そうか……これは趣味で、楽しむもの……」

スケッチブックをもう一度見つめた彼は、何か考えこむように真剣な険しい顔になった。

「そうでした。ロッテ……僕の妹も、即売会をとても楽しみにしていたんです。だから、僕は絶対に……」

いかにも気弱そうな青年なのに、スケッチブックを見つめるクリストフの目には、どこか鬼気迫るものがあった。

「クリストフさん……？」

思わずといった調子でミラが声をかけると、クリストが弾《はじ》かれたように顔をあげた。

さっきまでの思い詰めた様子はすっかり消え、彼は晴れ晴れとした表情で笑った。

「ありがとうございます。これからもあえて明かそうとは思いませんが、もし誰かに知られても気にすることはないと吹っ切れました。当分、今のままで趣味を楽しむつもりです」

「わぁ！　クリスティーナ先生、これからも楽しみにしています！」

思わずクリストフの手を握りしめてしまい、はっと我に返った。慌てて彼の手を離す。

「失礼しました。憧れの方とこうしてお会いできるなんて感激して……」

「いいえ。そう仰って頂けて光栄です」

照れくさそうにクリストフは頭を掻いたが、不意にフローラの背後を見て、顔を強張らせた。

「……？」

どうかしたのかと振り向くと、屈強な体格の従者を連れた貴族の男性が一人、こちらに向かって来る。

目を凝らしてみれば、立派な口ひげを蓄えた中年の貴族男性は、ベッカー侯爵だった。

「フローラ様。不躾なお願いですが、これを預かって頂けませんでしょうか。ベッカー侯爵は、その……動画絵巻をあまりよく思わないようなので、作っていると知られたくないのです」

クリストフが慌てた様子で鞄からスケッチブックを取り出し、フローラに差し出す。

「そういうことでしたら、お預かりします」

クリストフにしてみれば、ベッカー侯爵は才能を見据えて投資してくれた恩人のはず。

それが侯爵を見て動揺した様子だったのを妙に思ったが、そういう理由なら納得だ。

クリストフの芸術を認めている侯爵が、もし鞄の中のスケッチブックに気づいたら、興味を持ってもおかしくない。

最近描いたものを見せてくれとでも言われたら、さぞクリストフは気まずい思いをする羽目になる。

目配せすると、ミラは近づいてくるベッカー侯爵から見えないよう、素早くフローラの前に出てお辞儀をする素振りでスケッチブックを受け取る。

手のひらサイズのスケッチブックなので、ミラがさっと侍女服の隠しに入れてしまえば、外からはまるで持っているのが解らない。

「これを預かったのを、アルベルム公爵がもし不愉快に思われましたら、今日のことも全て話してくださって結構です。ただ、ベッカー侯爵には内密にお願いします」

何度も頭を下げるクリストフに、フローラは微笑んで頷いた。

「解りました。必要な時にはいつでも取りにいらっしゃってください」

想いを寄せる人妻に、間男が自分を思い出す品を預かってくれと渡すのは、昔からよく不倫の恋物語に使われる。

いくらなんでもスケッチブックを預かったくらいで、レオンが目くじらを立てるとは思わないが、一応事情を話しておいた方がいいだろう。

「では、私はこれで失礼しますね」

時計塔を見れば、そろそろ茶会のサロンに急がなければ、間に合わない時間だ。

フローラはミラと踵を返し、王宮の本殿に向けて早足に歩き始める。

こちらに来るベッカー侯爵と、必然的にすれ違うことになるわけだが、あちらも急いでいるようだ。

軽くお辞儀をしただけで、フローラ達は一言も交わさずに逆の方向へと歩いて行った。


その日、レオンは朝から上機嫌だった。

半月前に、フローラと想いを通わせてからずっと上機嫌だったが、今日はまた格別だ。

何しろ今日の午後は、母の茶会に招かれたフローラが、王宮に来るのだ。

王宮の庭は、王家の居住区域を除いた大部分が解放されている。城に出入りする者ならば誰でも、手入れの行き届いた美しい庭を自由に散策できた。

また、兵の訓練場も一部を開放しているので、目当ての騎士の訓練を見学しようと、若い令嬢が熱心に足を運ぶ。

以前はレオンも、訓練場に出るたびに多くの令嬢に黄色い声をあげられたが、そういう女性達は結婚が目当てだ。

よって、フローラとの婚約が発表されるなり、レオンを目当てにしていた女性達はすぐ他の独身男性に移ったが、残念でもなんでもない。

好きな女性が出来てしまえば、他の女性に声をかけられるのは鬱陶しいだけだ。

初めての恋心をフローラに抱いて、レオンはそれを思い知った。

そして彼女を妻にできた自分は、世界一の幸せ者だと思っているが……

「そういえば母上が今日、フローラ殿を茶会に呼んだと言っていたね。それでレオンは、タイミング良く彼女に会えないかと、さっきからソワソワしているわけだ」

庭に面した回廊で、隣を歩く兄にポンと肩を叩かれ、レオンは飛び上がりそうになった。

思わず足をとめ、周りに誰もいないか慌てて確認する。

王太子である兄のアロイスは、レオンと二つしか歳が違わず、同じ黒髪に琥珀色《こはくいろ》の瞳をしている。

しかし、レオンが顔も体格も若い頃の父親そっくりなのに対し、華奢《きやしゃ》な体格で少し垂れた目元をした優男の兄は、間違いなく母親似だ。

幼い頃、アロイスと並ぶとレオンの方が長身で体格がよかったので、まるで兄と弟が逆のように見えると、廷臣達は陰でこっそり言っていた。

レオン自身も子どもの頃は、小さくてすぐに泣く兄より、自分の方が年上みたいだと、よく思ったものだ。

それでもレオンは、れっきとしたアロイスの弟で、第二王子だ。

いつだって兄の後ろにいなければいけない立場だと、物心ついた時から漠然と知らされていた。

その事実に、不満や反感を抱いたことがないと言えば嘘だが、今は兄の下で補佐につくことを苦に思ってはいない。

「は？　フローラは一緒に暮らしている妻だ。わざわざ王宮で会わなくても、毎日顔を合わせるのだから、それくらいで心待ちになど……」

本当は図星だ。

毎日顔を合わせていたって、フローラが王宮に来るのなら会いたい。

茶会の後で待ち合わせ、夕日の綺麗な庭を散策してから一緒に帰ろうと誘いたい。

その為に朝から頑張って、本日の執務は全て終わらせたのだが、本殿に急ぐ途中で不運にもアロイスと出くわしてしまったのだ。

レオンがいつもと違う様子なのを敏感に察した兄は、面白いものを見学する子どものような目で、にやにやしてレオンを眺める。

「無理しちゃって、本当は心待ちにしているんだろう？」

「だから、別に……」

誤魔化そうとするも、くっくと兄は可笑《おか》しそうに笑うばかりだ。

この食えない兄は、レオンの内心など、お見通しなのだろう。

恋人鑑賞が趣味のフローラだが、王宮は恋人観察に向いていないと言い、以前から足を運ぼうとはしなかった。

何しろ訓練場の騎士は遊んでいるわけではないので、令嬢に応援されても会話を弾ませるわけにはいかない。

一方で庭は、王宮に出入りする数多くの恋人たちが逢瀬に使っていたりするので、そういう生々しい場に出くわしたくない――と、以前にフローラから聞いた。

それに、地味で目立たない存在を装っていた彼女は、急にレオンと結婚したことで社交界の耳目を一気に集めることになった。

そこで、しばらく恋人鑑賞はお休みにするから、用事がない限り表には出ないと言う。

……一緒に暮らしているレオンの姿を、わざわざ見に来るだけというのは、彼女にとって用事に入らないようだ。

レオンの方では、フローラなら四六時中会っていたいと思うのに。

「皮肉だねぇ。レオンは自分と少しでも一緒にいたいとすり寄って来る女性には、昔から見向きもしなかったのに。愛するフローラ殿にはレオンが傍にいなくても平気だと言われて、せっかく贈った通信魔法の指輪もろくに使われないなんてね」

「っ！」

どうしてそれを知っているんだと、青褪めた。

結婚式の晩に通信魔法の指輪を贈ってから、もう一ヵ月半になる。

その間、フローラが指輪を使ってレオンに連絡を取ったのは、たった一度だけ。

屋敷の前でちょっとした交通事故が起きたので、ハンネスが警備兵に対応しているという、至極冷静な連絡だった。

「兄上……まさか、俺の留守中にフローラを訪ねて聞きだしたのでは……」

お忍び大好きで好奇心旺盛な兄ならやりかねない。

事と次第によっては容赦しないと凄むレオンに、アロイスは首を横に振ってみせた。

「やだなぁ、新婚の弟嫁に探りを入れるなんて、野暮《やぼ》なことをすると思う？」

「兄上ならやりそうだ」

「信用ないなぁ。フローラ殿のはっきりした性格は顔合わせの時に何となく解ったし、通信魔法の指輪が届いた時、僕もたまたまそこにいただろう？　なんとなく、そうなんじゃないかと思って言っただけだよ」

しれっと言う兄を、レオンは赤面して軽く睨んだ。

アロイスの高い対人能力や洞察力を評価はしているが、それが自分に向けられ揶揄《からか》われると、こんなにタチが悪いものはないと思う。

「相変わらずレオンは、素直じゃないところがあるねぇ」

やれやれとばかりに、アロイスが肩を竦める。

「休憩時間に会いたいとか、訓練を観に来てくれれば張り切れるとか、たまには甘えてみれば?」

――それが言えれば、苦労はしない!

レオンは眉間に皺《しわ》を寄せ、胸中で叫んだ。

休憩時間に会いに来てほしいと頼めば、きっとフローラは応えてくれると思う。

しかし、彼女に自分の我《わ》が儘《まま》で無理を強いたくないのも事実だ。

フローラは変わり者だが、人を見る目に厳しいハンネスが絶賛するくらい、有能な女性だ。

屋敷の中の采配や社交だけでなく、魔道具貸し出しの事業までこなしながら、隙間を縫って趣味を楽しむなど、日々を忙しく過ごしている。

そうやって多忙なのを解っていながらも、レオンは殆ど毎晩、彼女が疲れ切って眠ってしまうまで抱いてしまう。

少しでも多くの時間をフローラと過ごし、彼女を独占していたい。

「……夫婦に大切なのは、一緒に過ごす時間の確保よりも、互いを想う気持ちだろう」

「そうかもね」

「その点、俺とフローラは間違いなく大丈夫だ」

レオンはコホンと咳ばらいをして、回廊を歩き出した。

「うっわ、言い切ったね。我が弟ながら、凄い自信だ」

――なんとでも言うがいい。俺はフローラを愛していて、フローラも俺を愛してくれている。

こうしてごくたまに、会う時間を増やす小細工をする程度で良いんだ。

目を丸くしたアロイスの声を無視し、レオンは歩みを速める。

茶会の始まる時間を考えれば、そろそろフローラは本殿に着く頃だ。

母のサロンの前に陣取るわけにはいかないが、近くには小さなベンチの置かれた休憩所があり、行き来する人が良く見える。

そこで、少し休憩していたという素振りでフローラを待ち、ごく自然を装って会うつもりだ。

しかし、急ぎ足で回廊の角を曲がった瞬間、レオンはピタリと足を止めて硬直した。

回廊から見える庭の一画に、フローラがいたのだ。

品の良いドレスを着て、腹心の侍女を連れているのは、王宮の茶会に招かれた者として普通だ。

ただ、レオンの鋭い視力は、フローラが若い優男の手を握っているのも、遠距離からしっかりとらえていた。

「っ？」

しかも、輝くような満面の笑みを浮かべて。

反射的に、なぜかレオンは回廊の柱の陰に身を隠していた。

フローラ達からは見えない位置に入り、そっと首を伸ばして、彼女達の様子を窺う。

「急にどうしたのかな？　あ……」

少し遅れて、フローラに気づいたアロイスの腕を引っ張り、急いで同じ柱の陰に隠した。

フローラは手を離してからも、何か男と親密そうに話しているが、さすがに会話の内容までは聞こえない。

そしてすぐに彼女は男と別れ、ミラを連れて本殿の方に向かって歩き出した。

だが、レオンはそれ以上、彼女の後ろ姿を見る余裕もなかった。

バクバクと心臓が激しく鳴って、気味の悪い冷や汗が全身に滲む。

「フローラ殿といたのは、クリストフか。二人は知り合いだったの？」

柱の陰からそっと顔を覗かせ、アロイスが呟いた。

細身の兄は、剣技ではレオンに負けるけれど、視力の良さと弓の腕前なら互角か、それ以上だ。

アロイスも同じものを見たということは、今の光景はレオンの白昼夢ではなく、現実だったと言うわけだ。

「いや、知り合いだと聞いた覚えは一度もない……結婚式の招待客リストにでも載っていれば、気づいたはずだが……」

もう一度柱の陰からそっと覗くと、既にフローラとミラの姿はなく、クリストフはいつのまにか現れたベッカー侯爵と、今度は何か話をしていた。

ベッカー侯爵が連れているのは、従者というよりも護衛のような体格の良い男だった。従者の大きな身体が邪魔になって、クリストフの姿は殆ど見えないが、遠目に見てもベッカー侯爵は上機嫌な様子だ。

そして侯爵は、青年画家と連れ立ってどこかに去っていった。

「クリストフは確か、ベッカー侯爵の支援を受けて画家になったんだったね」

アロイスが言い、レオンも無人になった庭の一画を呆然と眺めつつ、記憶を辿《たど》って頷いた。

王宮で働く者を全て覚えるのは無理だが、現在の宮廷画家は三名だけで、王族と接する機会も多い。

よって、クリストフのことは多少なりとも知っている。

三年ほど前に、ベッカー侯爵の推薦で宮廷画家となった青年だ。

強引で手段を選ばないところのあるベッカー侯爵を、父王は余り好いていない。レオンもアロイスもそうだ。

隣国オルディアスと和平を結ぶ時も、ベッカー侯爵は表向き中立を保っているようにみせつつ、陰でせっせと妨害工作をしていた。

しかし確たる証拠は残さず、妨害工作が失敗するとトカゲのしっぽのように部下を切り捨てて、本人は素知らぬふりを貫く。

腹立たしいことこのうえないが、ベッカー侯爵家は先祖代々王宮に尽くした名門のうえ、現侯爵も悪党ながら、商才と美術品を見る目が確かなのは、認めざるを得なかった。

つまり、自分の得になることなら、人並み以上に仕事をこなして成果をあげてみせるのだ。

ベッカー侯爵が支援して大成した芸術家は数多く、クリストフもその一人だ。

自分の支援した画家が宮廷で活躍するのは、侯爵にとっても鼻が高いだろう。上機嫌な様子でクリストフに何か話しかけていたベッカー侯爵を思い出す。

それはともかく、クリストフ本人についてだ。

何度か挨拶程度に話しをしたが、悪くない人柄だと思った。

飛び抜けた絵の才能を持ち、歴代最年少で宮廷画家についた経歴ながら、驕《おご》った所のまるでない謙虚な青年だ。少なくとも、人妻を相手に火遊びをしそうなタイプには見えなかった。

しかしそれは、レオンがほんの少し見知った彼の印象で、私的な交友関係までは知らない。

もしやフローラの旧知か、遠縁だったのかもしれないと必死に記憶をたどるが、覚えはない。

彼女は茶会に招かれたはずなのに、なぜ本殿に真っ直ぐに行かなかった？

フローラはクリストフと、どういう関係なんだ？

あんなに、嬉しそうな顔で……。

ドロドロと、胸の奥にどす黒い毒のようなものが溜まっていく。

何も、フローラが彼と抱きあったりしていたわけではない。ただの握手にしては少々親密そうだとはいえ、親しい間ならあれくらい普通だ。

（そもそも、フローラは浮気などできる性格ではない！）

冷静になろうと必死に己に言い聞かせていると、アロイスがおずおずと顔を覗き込んできた。

「レオン、念のために言うけれど、冷静になるんだよ？」

今の自分は、よほど酷い顔をしているのだろう。

心配そうに言ったアロイスに、虚ろな声で返事をした。

「ああ……解っている」

「彼女が母上の茶会に出ている間、翡翠《ひすい》の間で休んだら？」

「いや、大丈夫だ……」

翡翠の間は、レオンが第二王子だった頃に私室に使っていた部屋だ。

臣籍に下り、王都の屋敷で暮らし始めてからも、仕事が忙しい時にはよくそこで寝泊りした。

だが、フローラと結婚してからは一度も使っていない。

どんなに忙しくても、彼女がいる家に帰りたかったからだ。

「先入観を抱いたまま、二人だけで話をするのは良くない。茶会が終わったら、僕がフローラ殿に事情を話して連れて行くから……」

「俺のことは放っておいてくれ！」

思わず怒鳴ってから、ハッとした。

「レオン……」

困り切ったような兄の顔から、さっと視線を逸らす。

自分の内面が一番荒れていた時期、それを表に出すような愚行はしなかったが、アロイスには気づかれていた。馬鹿だった自分は、兄によくこういう表情をさせてしまったものだ。

「殿下。失礼いたしました。気分が優れないので本日は失礼します」

片膝をついて臣下としての礼をし、アロイスが止める前に、素早く立ち上がって踵を返す。

兄の言うことが正しいのは解っているが、今はその忠告だけでも、冷静に聞ける自信がない。

レオンは重い足を引きずり、本殿とは逆の方角に向かった。


王宮の茶会が終わる頃には、空はすっかりと晴れて綺麗な夕陽が見えていた。

フローラは公爵家の紋章が刻まれた馬車に乗り、ミラと帰路につく。

馬車の窓を開けると適度な涼風が吹き抜け、屋敷街から離れた大通りの喧騒《けんそう》が、遠くからでも微かに聞こえる。

「まさか、クリスティーナ先生が宮廷画家だったなんて、驚きましたね」

向かいに座ったミラに、茶会の間も預かっていてくれた、例のスケッチブックを手渡された。

「生真面目な方のようだけれど、変に思いつめてしまわなくて良かったわ。私もなんとか茶会に遅刻をせずに済んだし」

フローラはスケッチブックを眺め、クリストフとの会話と、その後を思い出して苦笑する。

レオンの母に招かれた茶会に遅刻するわけにはいかないと、早く着き過ぎるくらい時間に余裕を持って出たのに、スケッチブックを拾ったりしていたら遅刻ギリギリだった。

ほどなく馬車は屋敷につき、フローラがステップを降りた時、微かにレオンの声が聞こえたような気がした。

「レオン？」

門の方を振り向けば、鬼のような形相で猛然と馬を走らせてくるレオンが見えた。

「レオン？」

驚くフローラの前で、レオンが馬を止めて地面に降り立つ。

「フローラ……」

彼は近くにいた使用人に馬を任せると、肩で大きく息をしながら、フローラに険しい視線を向けた。

「何かあったの？」

心配になって尋ねるのと、レオンに抱えられたのは、ほぼ同時だった。

「きゃあっ⁉」

「フローラと大事な話をするから、誰も邪魔をするな」

驚愕の声を上げたフローラを、レオンは小さな子どもみたいに軽々と抱っこし、呆気《あっけ》にとられているミラたちにそう言って屋敷に入る。

「大事な話って……？　と、とりあえず、自分で歩くから下ろして」

「駄目だ」

訳が分からないまま頼んでみるも、キッパリと断られてしまった。

こんなに苛々した感じのレオンは初めてだ。

硬い表情で真っ直ぐに前を見て歩く彼に、それ以上何と言っていいのか、上手く言葉が出てこない。

黙って抱えられていると、彼はフローラを抱いたまま寝室に入った。

「え……」

まさかと思っていると、抱き上げたまま靴を脱がされ、寝台にドサリと下ろされた。

抱き上げられて寝台に連れていかれるなんて、この半月はほぼ毎日の恒例になっている。

だが、いつものガラス細工でも扱うような丁寧さとはまるで違う。彼の表情にも仕草にも全てから、怒りが滲《にじ》んで見える。

レオンも素早く重そうな靴とマントだけを外して床に放《ほう》ると、フローラに圧し掛かってくる。

「レオ……っ」

なぜ彼が怒っているのか、まるで見当がつかない。

とにかく話をと思ったが顎を掴まれ、唐突に唇をおなじもので塞がれた。

両手首を一まとめにして押さえられ、重い身体に圧し掛かられて、身動きができない。

レオンの舌が歯列を割り開き、濡れた音を立てて口腔を弄られる。

「ふ……っ……ぅ……ん……ぅ……」

舌を絡めて吸われると、ぞくぞくした快感が背筋を這い上った。

(でも……)

いつもなら、フローラも大喜びでレオンに応えるけれど、今はそうする気になれない。

「んんっ……止めて！」

強く首を振って口づけから逃れる。

強張った顔でこちらをみつめるレオンを、真っ直ぐに見つめ返した。

「私はレオンが大好きよ。だから、レオンが楽しいのなら大抵のことは付き合うわ」

「フローラ……」

「でも、今の貴方は全然楽しそうに見えない」

今朝、自宅を出た時のレオンは、不機嫌どころかいつもより上機嫌な様子だった。

その後は一度も会っていないから、どうして急に腹を立てている様子なのか、さっぱりわからない。

「聞いて。私がどれだけレオンを愛しても、貴方の心を全部見通せるわけじゃないわ」

恋愛を描いた物語は大好きでも、フローラ自身が恋をした相手はレオンが初めてだ。

気の利いた男女の駆け引きなんてできないから、解らないことは真正面から尋ねるに限る。

「どうしてレオンに苛々されているのか、申し訳ないけれど私には思い当たりがないの。何か私に気に食わない所があったのなら、まずはそこを教えて」

思いつく限りはっきりした表現で、今の自分の心境を伝えた。

レオンがぎゅっと眉を寄せ、何か戸惑うように口を開きかけては引き結ぶ。

重苦しい沈黙が、しばし部屋に立ち込める。

やがてレオンはフローラを押さえつけていた手を離し、身を起こした。

「すまない……フローラが浮気などするはずはないと、頭で解ってはいたんだ」

「私が、浮気？」

絞り出すような声で発されたレオンの言葉に、フローラは耳を疑う。

つい最近まで、自分が恋愛できるとすら思ってもいなかったのだ。

それなのに浮気……複数の男性と並行して恋愛をするなんて、いくらなんでもハードルが高すぎるのではなかろうか。浮気なんてしたくないが、そもそも自分には到底できる気がしない。

「本当は、家に帰ったら落ち着いて話をしたいと思っていた。だがお前を見た瞬間、昼間のことを思い出して、嫉妬で頭がおかしくなりそうになって……」

「昼間のこと？」

ますます訳がわからない。

フローラも身を起こし、レオンと並んで寝台の端に座る。

「一体、何があったの？」

尋ねると、レオンが深い溜め息を吐いた。額に手を当てて俯き、ボソボソと低い声で喋り出す。

「今日……フローラが王宮の庭にいるのを見た」

「ええ。王妃様のお茶会だからと張り切ったら、少し早く着き過ぎてしまったの。それで庭を散策して時間を潰していたのよ」

「俺は回廊から、偶然に王宮の庭にいるフローラを見たんだ。そしてお前は……宮廷画家のクリストフの手を握って、とても嬉しそうに笑っていた」

「あ……」

瞬時に、王宮の庭でクリストフと会った時のことを思い出した。

彼がこれからは思い悩まずに『クリスティーナ』としての活動を続ける意志を聞き、感激のあまり手を握りしめて応援したことも……。

「理由も話さず不快な思いをさせてしまって、本当にすまなかった」

レオンが唐突に、フローラの両手を握りしめた。

「ただ、お前があんなに嬉しそうに笑いかける男は、俺だけだと思っていたから驚いて……これほど自分が嫉妬深かったのかと初めて知った」

ぐいと顔を寄せて詰め寄るレオンは、これ以上ないほど真剣な表情だ。

「頼むから、あの画家とどういう関係だったのか教えてくれ。旧知か、遠縁だったのか？」

「ええと……旧知というか、私がずっと前から一方的に知っていただけで、直接に会ったのも今日が初めてなの。話すと少し長くなるけれど……」

ドレスの隠しから、クリストフに預かった小型スケッチブックを取り出した。ちょうどこれを預かっていたのは、とても幸運だ。

レオンには話しても良いと、クリストフは言っていた。それに事の発端であるこれを見せた方が、話が早い。

そしてフローラはスケッチブックを開き、本日の出来事から『クリスティーナ先生』の事まで一通り語ったのだった。

「──つまりフローラは、クリストフが別名で描いている作品のファンだということか」

宮廷画家の持つもう一つの顔に、レオンも驚いたようだ。

スケッチブックをしげしげと眺める彼に、フローラは恐る恐る尋ねた。

「クリスティーナ先生が男性だったのは意外だったけれど、私は良い作品を描くのに男性も女性も関係ないと思っているわ。今後も特に本名は明かさないと仰っているのだし、私も今まで通りファンでいるつもりよ」

フローラはあくまでも『クリスティーナ』のファンであり、クリストフに対して恋愛感情を向けているわけではない。

果たしてレオンがそれを理解してくれるかと、ドキドキして反応を窺うと、彼が苦笑した。

「フローラが他の男に目を向けるのは我慢できないが、好きな作家がいることにまで目くじらを立てる気はない。俺もこの件については口外しないと約束しよう」

「レオン……！」

こみ上げる感激のままに抱き着くと、レオンがスケッチブックを傍らに置いて、優しく抱き返してくれた。

そっと上を向くと、今度は幸せそうに微笑んだ彼が見えて、胸の中がじんわりと温かくなる。

お話の中の恋なら、多少の嫉妬は二人の仲を盛り上げる良いスパイスだと思って楽しく読めた。けれど、現実に恋をしている相手には嫉妬で苦しい思いをさせたくない。幸せでいてほしい。

頬や額に、柔らかな口づけを落とされ、フローラも彼の首に両手を回して頬に口づけを返す。

「フローラ……すまないが……少し、離れてくれ」

すると、レオンが妙に困った様子でフローラの腕をとり、首から引《ひ》き剥《は》がした。

「ごめんなさい。仲直りできたのが嬉しかったのだけれど、嫌だった？」

「ち、違う！　嫌どころか嬉しいに決まっている！　ただ……勢いで寝室に連れ込んでしまったとはいえ、せっかくフローラのおかげで頭が冷えたのに……」

落ち着きなく視線を彷徨わせていた彼が、観念したように眉を下げ、こちらを向く。

「まだ着替えもしていないのに、このまま抱きたくて我慢できなくなる」

「っ？」

フローラが息を呑むと、彼はそれを拒絶と受け取ったらしい。

安心させるように優しく微笑み、頭を撫でられた。

「いつだってお前を抱きたいのは確かだが、嫌な思いはさせたくはない。今日は本当に悪かったと思っているから……」

「嫌じゃないわ！　続行でお願いします！」

咄嗟にフローラは彼の手を掴み、深々と頭を下げて頼み込んでいた。

「は？」

レオンが呆気にとられたような声を発したが、この機会を逃せるものか。

先ほどは彼の苛立った様子に気圧《けお》されて他に目がいかなかったが、軍服姿で圧し掛かられた時のことを改めて思い出すと、鼻血が出そうなほど萌える。

「そ、その……レオンって軍服が似合うから、このままでも嫌な思いなんてしないわ。むしろ、絵になるから眼福というか……さっきだって、怒られているのでなければ凄くドキドキしたはずで……」

なけなしの理性と羞恥が、欲望の塊みたいな心境をストレートに口にするのは辛うじて押しとどめたが、言った内容を思えば、余り大差はない気がする。

「フローラ……」

レオンがゴクリと唾を呑む気配を感じ、次の瞬間にくるんと視界が反転した。

柔らかな敷布に背が付いたかと思うと、あっという間にまた両手首を頭上で一まとめに押さえられる。

だが、先ほどと大きく違うのは、フローラに圧し掛かるレオンからは、怒りの気配など微塵もないことだ。

「愛している」

彼が幸せそうに微笑み、整った顔が近づく。

口づけの気配に目を瞑りながら、フローラはゾクゾクと背筋が震えるのを感じた。


――今日の昼、レオンは回廊でアロイスと別れた後、すぐにクリストフを探しに行った。

鍛錬でもして頭を冷やそうと思ったが、一人でいると嫉妬と猜疑心《さいぎしん》がどろどろと胸中に膨らんでいくばかりだ。

そこで、フローラが王妃の茶会に出ている間に、まずはクリストフに話を聞いてみようと思ったのだ。

しかし、彼は王宮の庭の一角に与えられた自宅兼アトリエに、ベッカー侯爵と一緒にいるようだった。

それが解ったのは、侯爵の連れていた例の体格のいい従者が、コテージになっているアトリエの入り口に、見張りのようにでんと立っていたからだ。

クリストフと中にいるのがフローラならともかく、彼にとって恩人ともいえる侯爵を招いてもレオンには関係ない。だが、今はクリストフと二人で話したい用事がある。

近くの物陰からそれを眺め、一体いつになったら侯爵は出ていくのかとやきもきしているうちに、気づけば茶会はとうに終わる時刻となっていた。

鐘の音でそれに気づき、大急ぎで本殿に行けば、フローラは既に侍女と帰宅したという。

多分、その時点でレオンは完全に冷静さを失っていたのだろう。

もはやクリストフなどどうでもいい。

一刻も早くフローラと会い、彼女の口から直接に弁明を聞きたいと、そのことで頭がいっぱいになっていた。

そして近くにいた騎兵にすぐ帰宅すると告げて馬を貸り、大急ぎでフローラの馬車を追いかけたあげく、話し合いどころか嫉妬に我を忘れてお世辞にも紳士的とは言い難い態度をとってしまったが……。


——俺は世界一の幸せ者だ！

フローラを寝台に組み敷き、レオンは胸中で叫んだ。

帰宅するなり、夫から理由も解らずいきなり乱暴な扱いをされるなど、女性の身にしてみれば傷ついて恐怖に駆られるに違いない。その夫が体格のいい軍人であればなおさらだ。

思い返せば返すほど、軍人としても一人の男としても恥じ入るばかりだ。

それでもフローラは、理不尽な怒りをいきなりぶつけてきたレオンに臆することもなく自分の気持ちを伝え、どうしてこんな事をするのかと尋ねてくれた。

どれほど彼女に愛されて大事に思われているか、痛いほど伝わってきたと同時に、信頼されているとも感じた。

レオンが理由もなく怒ったりするはずがないと、彼女は信頼して、心当たりがないから教えて欲しいと怒りの原因を尋ねてくれたのだ。

そう思ったら、日中も会いたがってくれなくて寂しいと拗ねていた自分がちっぽけに見え、胸の奥に渦巻いていた嫉妬心も、霧が晴れるように消えた。

「何度告げても足りないが……愛している」

フローラの顎をもちあげ、唇を重ねた。

無理やり口づけた時とは違い、彼女の唇がすぐにひらいてレオンを受け入れる。

「ん、ぅ……う…………ん、ん……」

小さな舌が、差し込まれたレオンの舌に絡んでたどたどしく動くのが、愛しくてたまらない。

彼女の息がすっかり上がるまで深い口づけを交わし、細い唾液の糸を引いて唇を離した。

「それにしても、フローラから強請《ねだ》るほど、この格好を気に入ってくれているとは思わなかった」

揶揄《からか》うように耳元で囁くと、彼女の耳がぽっと赤くなった。

「だって王宮は恋人観察にあまり向かないから、レオンの軍服姿をみたのは結婚式が初めてだったのよ。毎朝見ているけれど、じっくり堪能できる機会を逃すのはと……」

照れくさそうに視線を逸らす様子が可愛らしくて、レオンはクスリと笑った。

「それなら、今度は俺を目当てに王宮へ来てくれ。多忙な時期でなければ、フローラと庭を散策する休憩時間くらいとれるぞ。……そうしてくれれば、俺も嬉しい」

思い切って最後の本音を付け加えると、フローラが驚いたように目を瞬かせた。

「いいの？　レオンとあの綺麗な庭を散歩したかったけれど、私の為に休憩時間を削らせるのもどうかと悩んでいたのよ」

意外な返答に、レオンも唖然《あぜん》としてしまった。

「そうだったのか、早く言ってくれれば……いや、兄上の言う通り、俺から誘えばよかったな」

「王太子殿下が？」

「ああ。兄上に、たまには素直に甘えてみればと助言を貰ったんだが……」

回廊でのやりとりを思い出し、やはりアロイスには敵《かな》わないと苦笑した。

明日の朝一番で、フローラと無事に仲直りができたと話し、助言についても礼を言おう。

しかし今は、最愛の妻と濃密な時間を過ごすのが最優先だ。

「フローラ……お前が望むなら、俺だって喜んで応える……どうしてほしい？」

耳朶を食んで囁くと、フローラがピクリと肩を震わせた。

「いっぱい……レオンが好きなように、して」

恥ずかしそうに頬を赤らめながら、そのくせ期待するような目を向けられ、レオンの雄がズクリと疼く。

「それなら遠慮はしない」

飢えた獣が極上の獲物を前にした気分で、レオンはフローラのドレスに手をかけた。

貴族の女性が身に着けるドレスは、呆れるほどに留め具やボタンが多い。

複雑な造りの装束を初めて脱がせた時、毎日こんなものを着るなんて女性は大変だと、心底思った。

勿論、その初めて脱がせた相手とはフローラだ。

互いに両想いと判明してから、休日には天気がよければ街でデートをし、帰宅してからイチャイチャしているうちに気分が昂《たかぶ》って、陽が高いうちからつい――というのは、もはや恒例となりつつある。

そういう時、休日なのでレオンはいつも私服だが、とりあえずフローラのドレスを脱がせる技術は格段に上達した。

昔のレオンなら、そんなものは女たらしの技術だと、鼻で笑って軽蔑していただろう。

だが、今なら愛妻を持つ男として最も必要なスキルだと断言できる。

彼女をうつ伏せにして背中のボタンを外し、コルセットにシュミーズと、手際よく剥《は》いでいく。

白い肌が露わになるにつれ、フローラが恥ずかしそうに視線を彷徨《さまよ》わせ、頬に赤みを増していくのに、たまらなく興奮を煽られる。

髪飾りも外して、残るは腰回りを覆う下履きだけになった。

可愛らしいレース飾りのついた清楚《せいそ》な白絹の下履きは、両サイドをリボンで結ぶ形だ。

下履きと同じ白絹のリボンに手をかけると、ビクンとフローラが身を震わせた。

「レオン……あの、カーテンを……」

胸元を両手で覆い隠し、フローラがもじもじと窓の方へ視線を向ける。

まだ空には夕陽が輝き、まだすぐにはしばらく沈みそうにない。

オレンジの光に彼女の白い肌が照らされるのは、たとえようもなく官能的だった。

「屋敷の主だった部屋の窓ガラス全て、防犯用の外からは見えない魔道具だ。カーテンが開いていても誰かに見られる心配はないと、以前に教えただろう？」

フローラの耳に息を吹き付けるように囁き、くちゅくちゅと音を立てて可愛らしい耳朶を甘く噛む。

「ん、んんっ……」

耳への刺激に悶える身体を押さえ、下着のリボンをシュルリと解く。

「で、でも……私だけ脱がされているのに……明るいと余計に恥ずかしくて……」

「フローラが軍服姿の方がいいと言うから、俺は脱がないのだが？」

レオンは言い、軍服の一つボタンを外して襟元を緩めた。

「そ、それは……」

フローラは顔を真っ赤にして逸らすが、堪えきれないように視線がこちらをチラチラ向くのが、可愛らしくてたまらない。

口元が緩むのを堪えきれず、彼女の首筋に吸い付いた。

白く滑らかな肌は、どれほど味わっても飽きない。鎖骨の舌までゆっくり舌を這わせ、ちろちろと舐めてからきつく吸い上げる。

「んっ」

ピクンとフローラが身を震わせた。

唇を離すと、彼女の肌に赤い花びらのような痕がくっきりと刻まれている。

綺麗についた情事の痕に満足して、レオンはペロリを己の口端を舐めた。

今日はこれが初めてだが、手で隠されたフローラの胸元や、ぴったり閉じた内腿にも、同じ印は数えきれないほど刻まれている。

レオンが毎晩、消える前に新しいものをつけるからだ。

もっとよく見たくなり、少しでも身体を隠そうとするフローラの手を引き剥がす。上着のベルトを抜いて、素早く彼女の両手首を縛った。

勿論、締め付け過ぎない程度に緩く戒めただけだ。フローラには傷一つだってつけたくない。

「レオン……っ？」

フローラがギョッとしたように目を見開き、頭上で戒められた手首を見る。

「傷つけない程度にしたつもりだが、痛いか？」

「痛くはないけれど、そういう問題じゃ……」

「俺だってフローラの身体をよく見て堪能したいのに、すぐ隠されてしまうからな。大抵のことには付き合ってくれるんだろう？」

「う……仕方ないわ。惚れた弱みというものね」

拗ねたように口を尖らせたフローラを抱きしめ、額や頬に口づけを振らせる。

本気で嫌だと言われればすぐに解くつもりだったが、本当に彼女はレオンを甘やかしてくれる。

可愛らしいのに男前で、もしもレオンが女だったら、抱いてくれと縋っていたに違いない。

しかし、それはもしもの話だ。

現実にレオンは男だから、フローラに抱かれるより、抱いて可愛がりたい。

美しい裸身をあますところなくじっくり眺めると、フローラが居心地悪そうに身動《みじろ》ぎした。

薄く情事の痕が残る白い乳房が、動きに合わせてふるりと揺れる。まだ触れてもいないのに赤みを増してピンと立っている先端を、レオンは二本の指で摘まんだ。

「ああっ」

「もうここを硬くして。俺に見られて興奮していたのか?」

少し意地悪をしたくなって揶揄うと、フローラの顔が茹《ゆ》でたように真っ赤になった。

「ち、違……」

「違う? それならもっと直接触れて気持ちよくしないとな」

手に余る大きさの膨らみを、両手で掬い上げるように下から掴む。

この半月でいっそう質量を増した気がするそれは、瑞々《みずみず》しい張りを持ちながら極上の柔らかさで、少し力を入れると指が沈み込む。

手に吸い付く滑らかな肌の感触を楽しみながら丁寧に揉みしだき、敏感な尖りに唇を寄せた。

赤く熟れた先端を口に含むと、ビクンとフローラが背を仰《の》け反《ぞ》らせる。

毎晩執拗《しつよう》に抱かれ続けた身体は、すっかりレオンの色に染められている。フローラはどこをどうされるのが好きか、もはや知り尽くしていた。

もう一方の先端も指で刺激しながら、舌でしつこく舐め回し、音を立てて強く啜《すす》る。

「ん、あ……あぁ、あっ……」

手が自由にならないのがもどかしいのだろう。フローラは祈るような仕草で縛られた両手を握り合わせ、身をくねらせる。

耳をくすぐる熱っぽく掠れた声は、欲情を煽《あお》り立てる艶を帯びて、レオンはいっそう熱心に胸へむしゃぶりついた。

真っ赤に熟れた先端を責める動きは休めず、下肢に片手を伸ばす。

ごく淡い下生えの奥にある、秘められた花弁を割り開くと、少なくない蜜がレオンの指を濡らした。狭い入り口に指をさしこみ、ゆっくりと抜き差しを始める。

花芽の皮を剥き、顔をのぞかせた敏感な突起にも蜜を塗りつけて指先で転がせば、フローラの唇から震える吐息が零れた。

「は……あ……あ、あぁ……」

二本、三本と、差し込む指を増やし、グプグプと淫猥《いんわい》な音を立ててかき回す。

ほぐれた場所は難なくレオンの指を呑みこみ、熱く濡れた肉がからみついてくる。感じる場所を刺激してやると、フローラが水揚げされた魚のようにビクビクと身を戦慄《わなな》かせた。

愛する妻が自分の与える快楽で感じていることに、背筋がゾクゾクする程の愉悦を覚える。

夢中で胸に吸い付き、下肢を弄って快楽を与え続ける。

こんな彼女の姿を見れるのも、快楽に泣き濡《ぬ》れた声を聞けるのも、自分だけだ。独占欲が満たされる。

開かせた彼女の内腿がブルブルと震え、指をくわえ込む花弁がヒクヒク蠢いて、零れる蜜が量を増して敷布を濡らす。

「あっ、あ……やっ、ア……あああ――っ」

膨らんだ花芽を強く押すと、フローラが大きく背中を仰け反らせ、弓なりに大きく背を反らした。

大きく身体を何度か痙攣させ、ぐったりと敷布に倒れる。

全身にしっとりと汗を浮かべ、達した余韻に胸を喘がせる彼女に、レオンも堪えきれなくなった。

フローラを抱きたくて、仕方がない。熱く潤んだ中に挿れて、感じる場所を擦り上げ、他のことなど何も考えられないほど快楽に溺れさせたい。

脱力しているフローラの腰を抱え、ほとんど解けかかっていた手首の拘束を外す。

衣服の下で固く張り詰めていた雄を取り出し、濡れそぼった蜜口に押し当てた。

「ん……」

彼女の閉じた瞼がピクリと震えた瞬間、細い腰を掴んで一気に挿入した。

「っ――？」

達したばかりの身体には鮮烈すぎる衝撃だったのだろう。フローラが目を見開き、口を大きく開けて声にならない悲鳴を発する。

「ひぅ……ぁ……待っ……あ……」

「すまない……これ以上、待てない」

ずぶずぶと雄を埋めていくレオンの背に、フローラが必死で縋りつく。

最奥まで押し込んでから、レオンは息を吐いた。

熱く脈打つ肉壁が、待ち焦がれていたように雄を締め付ける。

あれだけほぐしてもフローラの中は狭く、きついのに柔らかく蠢めいて、目も眩《くら》むような快楽をレオンに与えてくる。少しでも油断をしたら果ててしまいそうだ。

レオンは歯を食いしばって息を整え、汗に濡れたフローラの額に唇を落とした。

「勝手なことを言うが、やはりフローラの手は縛るより、抱きつかれた方が嬉しい」

「え……本当に、勝手……」

快楽の涙に潤んだ瞳を開け、フローラが小さく苦笑する。

「でも、いいわ。私もレオンに抱きつける方が嬉しいもの」

クスリと微笑んだ愛らしい唇に、吸い寄せられるようにキスをした。

フローラの腰を掴み、大きく揺さぶる。

「ひ……っ！　あ、ぁ、ああっ」

抜けるギリギリまで引き抜き、奥まで一息に押し込むと、膣壁が大きく戦慄《わなな》いて熱い蜜が滲みだす。

「っ……凄い、締め付けだな」

「あっ……だって……あ、激し……あ、あ……」

結合部からグチュグチュと水音がたち、愛液が泡だって溢れる。快楽で下がった子宮口を先端でこね回すと蜜壁が大きくうねり、痙攣を繰り返した。

徐々に、レオンの揺さぶる動きにあわせてフローラの腰も揺れはじめる。

「レオン……あ、ぁ……きもち、い……い……奥、突いて……いっぱい、して……」

蕩けきった瞳で淫らな懇願をされ、ズクリと腰に重い痺れが走った。

「ああ」

短く答え、腰の動きを早くする。

肉のぶつかる音が室内に響き、何度も深く抉った時、フローラがビクリと大きく震えた。

レオンの腰に足を絡め、背中にも手を回して全身で抱き着かれる。

中が一際強く締まり、高い声を放ってフローラが達した。

脈打つ媚肉の締め付けと、奥から溢れる蜜の熱さに、レオンも堪えきれず精を放つ。

一滴残らず彼女の中に注ぎ込み、二人で荒い呼吸を繰り返しながら、じゃれるように触れるだけの口づけを交わす。

夕陽はもう殆ど沈み、部屋は薄暗くなってきていたが、まだしばらくこうしていたい。

そして、しまいに焦れた家令が大きな咳ばらいとともに扉をノックするまで、二人でいちゃいちゃと抱き合っていた。

# 第五章

「――はぁ～……今年はどうなるのかしら」

書斎の窓から遠くの市街地を眺め、フローラは溜息をついた。

王宮で宮廷画家のクリストフと出会い、レオンに思わぬ嫉妬をされてしまった事件から、二週間が過ぎた。

ここ最近、レオンの帰宅はまた深夜になっているが、今度は本当に多忙なせいだ。

一ヵ月後に迫った建国祭のことで、王都の警備対策にてんやわんやなのである

建国祭は、エーデルシュテットで最大の催事だ。

街中が国旗や花で飾り付けられ、出店や大道芸人で賑わう祭りは三日間続く。

建国祭を目当てに訪れる観光客も多く、王宮でも他国の賓客を招いた舞踏会が開かれる。

フローラも毎年、建国祭はおおいに満喫していた。

昼間は普通の町娘の装いをしてミラと出店巡りをし、夜は王宮の舞踏会で物陰から恋人たちを

こっそり眺めるのだが、最大のお楽しみは建国祭の前日にある。

毎年、建国祭の前日には、ロマンス絵巻の夏の即売会が開かれるのだ。

建国祭には国中から人が集まるので、地方に住んでいる人も、祭りのついでにと参加しやすい。

勿論、人が集まる時期だからこそ、広い集会場を借りるのには他の時期より値が張ってしまうのだが、寄付金を募って毎年無事に開催されている。

フローラも、より多くの人と趣味を共有できるのは嬉しいから、建国祭に合わせての開催は大歓迎だ。

今年も匿名で多額の寄付をし、売り場の申し込みも無事に済ませた。

ところが先日、思わぬ方角からとんでもない問題が持ち上がったのである。

「フローラ様。例の手紙が届いたようです。使用人用のポストに直接入れられていました」

ミラの声とともに、扉がノックされた。

常に冷静な彼女にしては珍しく声が上擦っているが、無理もない。ミラもこの件に関しては、フローラと同じくヤキモキしていたのだ。

「早く入って、見せて！」

フローラが返事をするやいな、ミラが一通の封筒を手に駈《か》け込《こ》んできた。

ありふれた安物の封筒で、宛て名にはフローラの名前と住所が記されている。妙に角張った文字は、筆跡を誤魔化そうとしているのだろう。

封筒の裏側には、やはり同じ筆跡で差出人の住所だけが記されていたが……。

「安物の封筒に、差出人の名は書かれず出鱈目《でたらめ》の住所だけ……噂通りね」

差出人の住所を一目見て、フローラは断言した。

王都の地区は頭にいれてある。書かれた住所の通りは実在するが、番地は存在しないものだ。

「フローラ様、これは私が開けます。もし毒物や刃物でも仕込まれていたら危険ですし……」

心配そうに言ったミラに、フローラは笑って首を横に振る。

「念《ねん》の為《ため》に手袋をつけるし、これが噂通りのものなら、中身も単なる『不幸の手紙』のはずよ」

フローラは用意しておいた厚手の手袋をはめて、ペーパーナイフを使って慎重に封をきる。中には二つ折りにされた厚手のカードが入っていた。

カードの表面は真っ白で、何も書かれていない。

ゴクリと唾を呑み、フローラはミラにも見えるようにカードを開く。

すると、中も表紙と同じく真っ白だったが、すぐににじわりと黒い文字が浮かび上がってきた。

ロマンス絵巻に使われているのと同じ、動画魔法だ。

動画魔法で絵を動かすのは、こうした封筒サイズのカードでもできる。ただし、絵巻に比べれば安価で嵩張《かさば》らないものの、非常に汚い仕上がりになってしまうので、余り一般的ではない。

ともあれ、肝心なのは手紙の内容である。

『これは不幸の手紙です。届いた時点であなたは既に呪《のろ》われました。

この手紙を最後まで見たらすぐに焼き捨て、十人以上にこの手紙の内容を話し、今年の建国祭の間は家から一歩も出ないようにしないと、呪いは解けません』

気味の悪い文章は、封筒に書かれた文字と同じ角張った筆跡で書かれていたが、カードに印刷された動画魔法のためガサガサと荒れたものになっている。

皮肉にも画像の荒さが、余計に文章の不気味さを増していたが、フローラもミラもこれくらいで怯えたりはしない。

少しも内容を見逃すまいと真剣に眺めていると、文章が消えて今度は絵が浮かび上がってきた。

子どもが描くような、頭が丸で身体や手足が棒で表現されたいわゆる棒人間が、お祭りの飾りつけや出店で賑わう街を、楽しそうに歩いている。

そこまでなら微笑ましいとさえ感じるが、不意にマスクで顔を覆った複数の棒人間が現れ、主役らしい棒人間を取り囲む。

続いて、黒一色なのに真っ赤な血が飛び散ったように見える飛沫の絵が紙面いっぱいに広がり、それが消えるとまた街の風景に戻った。

しかし、覆面姿の棒人間たちはどこかへ消え、主役らしい棒人間は背中に刃物をつきさして地面に倒れもがいている。

やがて棒人間が動かなくなると、絵は消えて『終わり』と文字が出た。

「腹は立つけれど、噂になるだけあって、確かに迫力はあるわ」

フローラは顔を顰め、カードを閉じた。

「いくら迫力があろうと、所詮は内容も画質も悪いただの動画魔法です。本物の呪いの品でもないのに、こんなもののせいで……」

ミラが、憤慨も露わにカードを睨む。

——フローラが王宮の茶会に行った数日後から、幾つかの貴族の家に、これと同じ動画魔法で印刷された不気味な手紙が送りつけられたそうだ。

『不幸の手紙』は、昔からよくある悪質な悪戯《いたずら》だ。

文面は色々とあるが、いずれも受け取った人の不安を巧妙に煽る文章で、同じ文面の手紙を複数人に出せと促すものである。

普通なら使い古された嫌がらせだと一笑されてもおかしくない。

だが、動画魔法を駆使した妙に迫力のある不気味な手紙に、特に若い令嬢などは震えあがって本気にした。

指示通りに手紙をすぐに焼き捨て、十人という少なくない人数に手っ取り早く聞かせるべく、家族や知人だけならず使用人にもこの話を広めたのだ。

噂はすぐ王都中に広まり、ありがちなことだが、その過程でどんどん大袈裟になっていった。

この話を聞いただけでも建国祭に出たら呪われるとか、焼き捨てずにいた令嬢が不可解な死を遂げたが家名の為に極秘にされているらしいとか……。

しまいには呪われたくないから建国祭に関われないと言う者が続出し、祭りの準備にまで支障が出始めた。

こうなると、王宮としてもただの悪戯と放ってはおけない。

建国祭には他国の要人も招かれる。街の警備を強化するのはもちろん、妙な噂が原因で暴動でも起きてはかなわないと、王宮以外での集会は、当面の間全て禁止とされた。

よって、今年も建国祭の前日に開催予定だったロマンス絵巻の即売会も、この事件が収まらない限りは中止となってしまうのだ。

「大丈夫。こうして手紙の実物も手に入ったのだから、きっと捜査も進むわ」

フローラが手に持ったカードを振って見せると、ミラの怒りに強張った表情が少し和らいだ。

「ええ。悪戯の犯人が捕まりさえすれば、騒ぎも収まるでしょう」

世間をこれだけ騒がせているのにも関わらず、手紙をばらまいた犯人がまるで特定できない理由は、調査班のもとに肝心の手紙がないからだ。

何しろ手紙には、観たら焼き捨てるようにと指示されている。

これでは、真に受ければ指示通りに処分するし、真に受けなくても不快だと処分するだろう。

もはや世間では真偽もわからないほど噂が飛び交って、今も多くの手紙が届けられているのか解らないが、とにかく犯人は手紙を直接ポストに入れるなど、届けるのに用心しているらしい。

フローラはカードを机に置き、肌身離さず大切につけている魔道具の指輪に触れた。

「この指輪、すぐに連絡を取りたい時には本当に便利よね」

ウキウキした気分で、一番大きなピンクガーネットで出来た宝石の花を指で摘まむ。

――恋人の声をいつでも聴きたいあなたへ、気軽に声をお届けできます――というキャッチフレーズで大ヒットした魔道具ではあるが、フローラはまだ一度しか使っていない。

最近レオンは警備強化の打ち合わせで忙しく、フローラが眠った後で帰宅し、朝も目が覚める前に家を出ている時が多い。

寂しくて声が聞きたいなと思う時もあるが、大切すぎて気楽になんて使えない。

ここぞという重要な時にだけ使おうと決めているが、今がその時だ。

『レオン、聞こえる？』

緊張しつつ呼びかけると、すぐに指輪からレオンの声が響いた。

『ああ。何かあったのか』

『例の不幸の手紙が、私にもついに届いたのよ』

『なんだと？』

レオンのとんでもない大声が響き、思わずフローラは身をのけ反らした。

『心配するな、そんなもので呪われたりはしない！　お前は俺が必ず守る！』

『あ、ありがとう。それよりもせっかく証拠品が手に入ったから……』

届けに行こうかという前に、レオンの大声が指輪から響いた。

『今すぐ取りに行く。家で……痛っ！　とにかく、すぐに行くから待っていてくれ！』

彼の慌ただしい声と、どこかに派手にぶつかったような物音が聞えたあと、プツリと通信魔法は切れた。

「レオン様は相変わらず、フローラ様のことになると目の色が変わりますね」

楽しそうに笑うミラに、フローラは赤面する。

レオンに愛されているのは嬉しいし否定する気もないが、こうして言われるとなかなか照れくさいものだ。

「まぁ、せっかくだからレオンが来るまでの間、もう一度これをよく見てみましょうよ。動画魔法なら私達もそれなりに詳しいもの」

フローラがカードを開くと、ミラが神妙な面持ちで頷いた。

「はい。それに噂では、落書きのように下手な絵だと聞きましたが、とんでもない間違いですよね」

「やっぱり、ミラもそう思った？」

「これだけ簡略化した絵なのに、登場人物の行動が解りやすく描かれていて、動きも滑らか。本格的に調べればすぐ解るでしょうが、絵心のない人間が描いた落書きなんかじゃありませんよ」

「ええ。動画魔法用の作画に相当慣れている感じね。ペンだって画材用を使っているようだし」

フローラはカードの中で動く棒人間をじっくり眺める。

ロマンス絵巻を初めて作った時に思い知ったが、動画魔法で絵を上手に動かすのは本当に大変だ。

簡素な棒人間だろうと、これだけ滑らかに動かすのには、相当の画力と技術がいる。動画絵巻は商売として採算がとれないと、どこの出版社も出したがらないのに心底納得した。

それにこの絵は簡素ながら線の強弱が巧みにつけられており、結婚式の署名時にも用いられるような旧式のペンを使って描いたと思われる。絵や文字を専門に描く人くらいしか今では使わない代物だ。

「……でも、絵が上手くて動画魔法を作るのにも慣れているだけでは、手がかりなんていえませんね。ロマンス絵巻の即売会にだってプロの画家並みに上手な人は大勢いますから」

ミラが溜息交じりに首を振った。

「そうよねぇ。クリスティーナ先生なんて、本職どころか宮廷画家だったもの」

クリスティーナこと、宮廷画家のクリストフを思い出し、フローラは泣きたくなる。

このまま即売会が中止になったら、自分を含めた彼の新作を楽しみにしているファンは皆、新作が購入できなくなってしまう。

「それにしても、わざわざ動画魔法のカードをつくるなんて、悪戯にしては随分と手間もお金もかかっていますよね」

「そうねぇ……」

滑らかに動くカードの絵を眺め、改めて不思議に思った。

不幸の手紙なんて古臭い悪戯がここまで話題になったのは、この迫力のある動画魔法のカードでつくられたものだからに違いない。

犯人がただ世間を騒がせたいのならば、大成功というところだ。

しかし、動画魔法の印刷をどこかに頼めば、印刷物の内容はどうしても店の者の目に触れる。明らかに犯罪じみた内容や過去に規制された発禁本を刷れば、印刷所も罰せられるので引き受けたりはしない。そういうものは、持ち込まれた時点で通報する義務がある。

よって犯人は、送りつけるカードを自分で刷ったと考えるのが妥当だが、動画魔法の印刷機は小型のものでも庶民の平均年収くらいだ。

「なんにしても、こんなカードを作るのはよほど底意地の悪い……あ」

不意に、ミラがもう終わりかけている動画を見ながら小さな声をあげた。

「どうしたの？」

「気のせいかもしれませんが……少し前を見たいので、カードを貸して頂けますか」

「いいわよ」

ミラにカードを渡すと、彼女は人差し指で軽く触れ紙の表面に触れ、左から右へと何度も指を滑らせはじめた。

彼女が指を滑らせるたびに、絵が少しずつ逆戻りしていく。

やがて画面いっぱいの血飛沫《ちしぶき》になったところで、ミラは素早く紙面を二度指で叩き、動きを一時的に止めた。

「最初は気が付かなかったのですが、何度か見ていたら、この一部がやけに変で気になったんです」

そう言ってミラが示した部分を見ると、黒一色で描かれた血飛沫の片隅が、妙にグニャグニャと変な形をしている。

他の部分が上手いからこそ、一旦気づけば確かに違和感があった。

「推理ものでは、よくこういう部分に犯人からのメッセージが隠されていたりするんですよ」

ミラが少々得意そうにいった。

推理小説も大好きな彼女は、即売会中止の危機に対して猛烈に腹をたてつつ、この大掛かりな悪戯には何か事件性が隠れているのかもと、ワクワクしだしたのだろう。

しかし、ミラと一緒に目を細めたり少し遠くからみたりしたが、特に何かあるようにもみえなかった。

「はぁ……ここは単に描くのを失敗しただけかもしれませんね」

「そんなにがっかりしないで。他にもじっくり見てみましょうよ」

ミラを励ました時、窓の外から馬の駆けてくる音といななきが聞こえた。

「残念、時間切れね。レオンがもう来たみたい」

王宮からすぐに騎馬を飛ばしてきてくれたのだろう。

窓から手を振ろうと振り向いた瞬間、フローラは息を呑んだ。

ミラがカードを陽射しにあててよく見えるよう、高くかかげていたのが、窓ガラスに映っている。

そして……。

「ミラ、ちょっとそのまま待っていて！」

フローラは隣の私室に駆け込み、化粧箱から手鏡を取り出して書斎に戻る。

「フローラ様、もしかして……」

手鏡を見たミラは、それでなんとなく察したようだ。

「ほら、鏡文字だったのよ」

フローラはカードを鏡に映して見せる。

先ほど、窓に映ったカードを見て、鏡文字だと解ったのだ。

窓に反射しただけではよく見えなかったが、手鏡に映せばはっきり見える。

ミラから再びカードを受け取り、浮かび上がっている絵の一部を手鏡に映した。

隠されていたのは、短い二つの言葉だった。

【助けて】

【クリスティーナ】

フローラはミラと無言で顔を見合わせた。

「これって……」

まさかと、恐る恐る口を開いた時、書斎の扉が壊れるのではないかと思う勢いで開いた。

「フローラ！」

息せききって駆け込んできたレオンに、いきなり抱きしめられた。

「安心しろ。お前に不愉快極まりない手紙を送りつけた奴は、俺が必ず血祭りにあげるからな！」

「ちょ……っ、レオン！　心配してくれるのはありがたいけれど、私はこういうものを気にしないから、大丈夫よ」

ミラもすぐ傍にいるのに熱烈に抱きしめられ、顔から火が出そうになる。

逞しい身体を一生懸命押して、フローラはようやくレオンの腕から逃れた。

「す、すまない。お前が気に病まないのなら良いが……」

決まり悪そうに頭を掻くレオンに、フローラはカードを差し出した。

「私じゃなくて、今はこれを描いた人の方が心配なのよ」

「これを描いた奴が？」

レオンが怪訝《けげん》な顔をするのはもっともだ。

フローラはカードを開いて彼に見せ、例の鏡文字についさっき気がついたことを告げる。

「――つまり、これを描いたのはクリストフという可能性があるのか」

受け取ったカードを硬い表情で眺めるレオンに、フローラは躊躇《ためら》いつつも頷いた。

「偶然にしては出来過ぎていると思うの。これだけ動画魔法用の絵を描けるだけの実力があって、私にクリスティーナと名乗る知り合いは、あの人しかいないわ」

「なるほど」

「それに、これを最初に見た時は、噂で聞いた通り悪質な悪戯で描かれたものだと思ったけれど、クリストフさんが意味もなくこんな真似をすると思えないのよ。ねぇ、ミラ?」

同意を求めると、ミラも深々と頷く。

「はい。レオン様、調査班でもないのに口を出すのは差し出がましいようですが、私の考えをお話ししても宜しいでしょうか」

「構わない。調査に結び付けるかはこちらで判断するので、思いついたことは何でも話してくれ」

率直に答えるレオンの横顔を、フローラは惚《ほ》れ惚《ぼ》れと眺めた。

レオンは、本当に相手の立場に寄り添って考えてくれる。

今も、最終的には自分が判断すると告げることで、ミラに重圧をかけず話しやすいようにしてくれた。

こういうことがサラリとできるのは、人をまとめる立場の人間として得難い資質だ。

そして一人の人間としても大きな美点である。真剣な話をしている最中に不謹慎かもしれないが、改めて素敵だと惚れ直してしまう。

ミラが心を落ち着かせるように深く息を吸い、口を開いた。

「この手紙が、どういう意図でバラまかれたのかは見当もつきません。ですが、本当にクリストフ様がこれを描かれたとしたら、隠し文字でこっそり助けを求めるしかできない状況に置かれているのではないでしょうか。わざわざクリスティーナという名でフローラ様に届けたのも、万が一、隠し文字が見つかった時に備えてではと思います」

「クリストフは普通に王宮で過ごしていたようだが、誰かに強要されて描いたということか？」

「それもはっきりとは解りかねます。ただ、レオン様が正面切って手紙の件を問いただすのは目立ちますので、本音を聞きだすのは難しいかと……」

「そうか……まだクリストフが犯人と断定はできないが、何か口実を作って彼に話を聞いてみるのが一番だろうな」

「それなら、ちょうど良い口実があるわ」

はい、とフローラは勢いよく手を挙げた。

机の引き出しに保管していた、預かり物のスケッチブックを取り出す。

「これを預かったきりだったから、私がミラと一緒に返しに行って、さりげなく聞きだすのはどうかしら？」

「フローラたちが？」

面食らった様子のレオンに対し、ミラが目を輝かせて手を打ち合わせた。

「それが宜しいですね！　女性だけの方が警戒されにくいでしょうし、何かあればフローラ様の指輪でレオン様にお知らせできます」

そう言われると、レオンにも異論はなかったらしい。

絶対に無理をしないよう念を押し、彼は証拠品となる手紙を持って、先に騎馬で王宮に戻った。

フローラも急いで外出用の身支度をし、ミラと馬車に乗る。

急な外出になったが、ハンネスは先ほど一時帰宅したレオンから、噂の手紙がフローラに届いたことを知らされていたようだ。

少し王宮に用事が出来たと言うと、それ以上は何も聞かず送りだしてくれた。


ところが、王宮についたフローラを待っていたのは予想外の出来事だった。

「クリストフは王宮にいない。ベッカー侯爵に頼まれた絵を描くために、しばらく彼の屋敷にいくそうだ」

玄関まで迎えに来たレオンに小声で告げられ、フローラは耳を疑った。

同時に、スケッチブックを預かった時、ベッカー侯爵を見て怯えていたようだったクリストフの姿が脳裏に蘇る。

「このタイミングで姿を消すなんて、ますます怪しいですね」

ミラも他には聞こえないように小声で呟いた。

「レオン。宮廷画家は王家の専属でしょう？　それなのに、どうしてクリストフは侯爵の依頼を？」

不思議に思って尋ねると、レオンが頭を振った。

「専属といっても、父は……陛下は画家の才能を独占する気はない。王宮の依頼は最優先してもらうが、他に依頼を頼みたい者がいれば受けるのを許可している」

「そういうことだったのね」

「ベッカー侯爵はクリストフに、屋敷で妻の肖像画を描いて欲しいと依頼したらしい。俺と入れ違いに、外出に必要な手続きを済ませて王宮を出た記録が残っている」

「奥様の肖像画……？」

思わず首をかしげると、レオンが耳元に口を寄せてきた。

「何か気になるのか？」

「っ！」

耳朶に彼の吐息がかかると、条件反射のようにビクンと身体が跳ねてしまう。声も顔も性格も、レオンの全てが好き過ぎて、こういう時は困るくらいだ。

「それが……少し気になることがあるのだけれど……」

ただでさえ、大声では話せない内容だ。ソワソワ視線を彷徨わせると、レオンは察してくれたようだ。

「落ち着いて話せる場所に移動しよう」

そう言ったレオンに案内されたのは、彼が第二王子を名乗っていた頃の私室だった。

翡翠の間と呼ばれる部屋で、話には聞いていたがフローラが足を踏み入れるのは初めてだ。

侍女仲間に顔の広いミラは、王宮にも親しい相手がいるので話を聞く、と別行動をとっている。

フローラが長椅子に腰を下ろすと、レオンは向かいではなく隣に座った。自宅で茶を飲む時にも、レオンは近くが良いと言って隣に座るのだが、近頃は忙《せわ》しなくて食事も一緒にしていない。のんびりしている場合ではないが、久しぶりにレオンが隣に座っていると、じわりと胸の奥が温かく潤ってくる。思っていたよりずっと、レオンに飢えていたようだ。

嬉しいがドキドキして落ち着かない。

メイドがお茶を用意する間、フローラはさりげなく彼から視線を逸らし、室内を観察した。

翡翠の間という名の通り、美しい翡翠色を基調に整えられた気品に溢れる部屋だ。

壁には、黒髪の幼い兄弟を描いた絵が一枚かかっていた。幼い頃のレオンと兄の王太子だろう。正装をして仲良く並んで立っている二人は、ほぼ同じくらいの背丈だった。目つきのやや鋭い方がレオンだとすぐわかるが、二つ違いの兄弟というより双子のように見えた。

思わぬきっかけだが、レオンの子ども時代を見る事ができたのは嬉しい。

すっかり絵に見入っているうちに、メイドは部屋を出て行き、レオンが小さく咳ばらいをした。

慌ててフローラは壁の絵から、隣に座るレオンに視線を移す。

「ごめんなさい、レオンの小さい頃の姿を見られるなんて思わなかったから、つい……昔から背が高かったのね。王太子殿下と、双子みたいだわ」

すると、レオンが少々複雑そうな笑みを浮かべた。

「実際には、俺の背はもっと高かったんだ。初めて会う相手には大抵、俺が兄だと間違えられた」

「え？」

思わず、壁の絵とレオンを見比べる。

肖像画を美化して描くのは、昔からよくある。かつて縁組用に送った令嬢の肖像画があまりにも美化され過ぎていて、これは詐欺だと裁判沙汰になったことまであるそうだ。

幼いレオンとアロイスを描いた絵も見事な出来栄えだが、この製作者はあえて二人の王子を同じような背丈に描いたということか。

「それを描いた宮廷画家はとうに引退したが、恐らく王太子の面子を潰さないように気を遣ったのだろうな。しかし当の兄が、この絵が事実と違うから気に入らないと言うので、俺の部屋に飾ることになった」

昔を懐かしむように、レオンは目を細めて壁の絵を見つめた。

「そうだったの……」

フローラは呟き、立派な額縁の中で凛々しく立っている二人の男の子を改めて眺める。

レオンとは今まで数えきれないほど会話をした。

彼の好きな食べ物も、苦手なものも知っている。子どもの頃に兄と厨房《ちゅうぼう》に忍び込んでお菓子をつまみ食いしたとか、そんな笑い話も聞いた。

でも、この肖像画の話も、幼い頃はレオンの方が兄に見られていたなんてことも、初めて聞いた。

まだまだ彼にはフローラの知らない部分があるようだ。

「それはともかくとして、フローラが気になることとは何だ？」

レオンが肝心の話を切り出し、フローラはぐっと息を呑む。

これはフローラの信用問題に関わることだ。できれば言いたくはなかったが、非常事態になるかもしれない以上、口を噤《つぐ》んではいられない。

「こんな事態でもなければ、絶対に口外できないことなのだけれど……ベッカー侯爵夫人は今、愛人と旅行中のはずなのよ」

思い切って言うと、レオンが目を丸くした。

「侯爵夫人が浮気……なぜフローラが、旅行中とまで詳しく知っているんだ？」

不倫の噂を聞いたとかならともかく、ベッカー侯爵夫人とそれほど懇意でもないフローラが、どうして旅行中と断定できるのかレオンが不思議に思うのはもっともだ。

「私が結婚する前から、大型魔道具の貸し出し事業を父に任されていたのは、レオンも知っているでしょう？」

「ああ。確か、刈り取りや脱穀などの農耕用魔道具を扱っているんだったな」

「最初は農耕用の魔道具がメインだったけれど、ここ数年は事業も上手くいっているから、取り扱う魔道具の種類を増やしたのよ。特に夏場は、異空間に大量収納できる鞄やどこでも新鮮な水が出せる魔道具などをあわせた快適旅行セットが、避暑地に行く富裕層に人気なの」

「すると、侯爵夫人がそれを注文しているのか？」

レオンの問いに、正解だと頷いた。

「毎年決まってこの時期に、夏の旅行セットを一番高額で頼むお得意様なの。私は事業を取り仕切っているといっても、お客様とじかに顔を合わせる機会は殆どないわ。でも、以前にたまたま用があって店に行った時、隣の部屋で支配人とやりとりする夫人の声が聞こえたのよ」

「……確かにベッカー侯爵夫人は、声に特徴のある人だったな」

鶏のように甲高い夫人の声を思い出したように、レオンは苦笑した。

「そうだけれど、声だけで決めつける気はなかったわ。顧客名簿に夫人の名前は記されていないし、契約の署名は、いつも一緒にいる若い男性がするそうなの」

「なるほど。浮気がばれるのを防ぐためか」

「そうでしょうね。もっとも、客にそういう雰囲気があろうとも、下手に突っ込んだり口外しないのが店側の鉄則よ。だから私も特に探らなかったけれど、以前に侯爵家の茶会に呼ばれた時、夫人のお気に入りらしい従者が、名簿に書かれた名と同じだと気付いたの」

溜め息をつき、新婚夫婦に興味津々だった茶会のことを思い出す。

「それに今年も私が店に行った時、今度は店から一緒に出て来る二人の姿を見かけたわ。男性は例の従者で、女性は変装していたけれど明らかに侯爵夫人だった。向こうは私に気が付いていなかったようだから、気まずくならないで済んだけれど」

昔から『背景でいたい』と、目立たず気配を消すのを得意にしていたのが、あの時は本当に役立った。

若い従者の腕にしなだれかかって通路のど真ん中を歩いてきた侯爵夫人は、落ち着く地味な装いをしたフローラが道を空けても、礼を言うどころか一瞥《いちべつ》もせず去っていったのだ。

茶会に呼んだ時、夫人はフローラの華やかなドレスをあからさまに褒めそやしたが、あの人の見ていたのは結局、アルベルム公爵夫人の地位や流行のドレスだけだったのだろう。

フローラは茶を一口啜り、カラカラに渇いた喉を潤した。

「……それで、ベッカー侯爵が屋敷で夫人の肖像画を描かせたいなんて変だと思ったのよ。夫人が侯爵に、何と言って旅行をしているかは知らないわ。けれど、とにかく今は王都にいないはずよ。借りるのは毎年決まって、海か湖で遊べるボートなどのセットだもの」

昔は政略結婚を強いられた貴族の夫婦が互いに愛人を作るなど珍しくなかったそうだが、恋愛結婚が主軸になっても、浮気に走る貴族は依然として多い。

お金と時間に余裕がある人ほど、刺激的な誘惑を求めてしまうのだろうか。

とはいえ、不倫なんて最低だと思うものの、他所の夫婦仲にフローラが口を突っ込む筋合いはない。

しかも、顧客の個人情報を安易に漏らすのは、商売人として一番大切な信用を失う行為だ。

……いや、商売以前に、口が軽い女だと人として軽蔑されかねない。

それでも、一人の人間の安否に関わりそうだというのなら、この違和感を隠しておくなどできなかった。

「それにクリストフさんは、私が見た限りではベッカー侯爵に何か怯えているようだったわ。侯爵が動画魔法をよく思っていないからと言って、私に急いでこれを預けたから、ビクビクしていたのはそのせいかと思っていたけれど……」

小型のスケッチブックをドレスの隠しから取り出し、後悔で胸が圧し潰されそうになる。

どうしてあの時、クリストフの様子がおかしいと、もっと慎重に観察しなかったのか。

スケッチブックだって、彼が必要だから返してくれと言うのを待たず、すぐに返しに行けばよかった。

そうすれば、もしかしたら彼に何か聞けたかもしれないのに……。

「ありがとう。よく、教えてくれた」

唐突に、抱きしめられた。

「レオン……？」

「フローラは誠実だから、たとえ相手が俺でも、顧客の情報を話すのには葛藤があったと思う。だが、話してくれたおかげで、俺も侯爵が怪しいと確信が持てた」

「でも、今さらこんな事を言うのもなんだけれど、夫人が愛人と喧嘩《けんか》をして早く帰宅したとか、可能性は色々とあるわ。今の段階では、侯爵に悪意があってクリストフさんを王宮から連れ出したとは断言できない」

「それも解っているから慎重に動くが、ベッカー侯爵が胡散臭《うさんくさ》いとは、俺も兄上も以前から思っていたんだ」

「胡散臭いって……何かあったの？」

「結婚式の日に、隣国からの輸入品に毒物が仕込まれた騒ぎがあっただろう？」

「ええ」

披露宴の後で慌ただしく王宮に行き、遅くに帰宅したのを詫《わ》びてくれたレオンの姿を思い出す。

「あれにベッカー侯爵が直接に関与していた証拠は出なかったが、彼はオルディアスとの友好条約に反対していた筆頭の人物で、武器商人と癒着しているという噂もある」

「つまりベッカー侯爵は、この国がオルディアスとまた険悪な状態になるのを望んでいる可能性があるということかしら？」

フローラは眉をひそめた。

「確実な証拠は未だにつかめていないが、俺も兄上も侯爵を信用してはいない。父もそうだったが……ベッカー侯爵とは学友でもあったから、個人的に信じたい気持ちもあるのだろう。今年の建国祭でオルディアスの第一王子を来賓に迎えるのが決定すると、侯爵が掌を返したように、かの国と友好を結んだのは正解だったと褒めそやしだしたのを、疑いもせず素直に喜んでいる」

レオンが苦渋に満ちた声で呟いた。

限りなく黒に近い灰色とみなされながら、決定的な証拠を掴ませないで上手く立ち回るベッカー侯爵に、散々煮え湯を飲まされていたのだろうと、容易に察せられる。

「それならこちらも慎重にいかなくてはね。少なくとも私は、レオンが無暗に人を疑うとは思っていないわ。嫉妬と疑いは違うもの」

レオンは先日、フローラがクリストフと親密そうに見えて嫉妬したと言ったが、『浮気をするはずがないと解っている』とも言ってくれた。

「あの件は反省している。勘弁してくれ」

レオンが苦笑した時、部屋の扉が叩かれた。

「ミラです。入っても宜しいでしょうか？」

慌ててフローラは抱擁から逃れ、レオンが少々残念そうな顔で入るように答えた。

「それとなく侍女仲間に尋ねてみたのですが、クリストフ様は最近元気がなさそうだったというくらいしか聞けませんでした。宮廷画家になってからベッカー侯爵に絵画を依頼されるのも、これが初めてではなく、今回も特に変わった様子はなかったそうです」

長椅子の傍らに立ったミラが、すらすらと報告をする。

「それから、クリストフ様のアトリエで、例の手紙の原稿は見つけられませんでしたが、小型の動画魔法印刷機が、棚に隠すようにおかれていました」

「ちょ……っ？　ミラ、クリストフさんが不在なのに、どうやってアトリエに入ったの？」

狼狽《うろた》えるフローラに対し、ミラはしれっとした顔で首を横に振る。

「何か誤解されているようですが、きちんと管理人の方に立ち会って頂いたので、無断侵入ではありません。クリストフ様が愛用の絵筆を一本忘れたそうなので使いを頼まれたと、ほんの少し嘘はつきましたが」

ミラが侍女服のポケットから、使い古された感じの絵筆を一本取りだした。

「これは後でお返しするとして、アトリエには先日、クリストフ様が持っていた画材用の鞄を含め、日頃から使っているらしい画材が一揃《ひとそろ》い残っていました。絵を描く為に呼ばれたのに、使い慣れた道具を丸ごと置いていくというのは、おかしな話だと思います」

「確かにそうだな」

レオンが思案気な表情で、顎に手をあてた。

「私も今しがたレオンに、ベッカー侯爵の夫人が屋敷にいるのは妙だと話したのよ」

フローラはミラに、手短に告げた。

ベッカー侯爵夫人の茶会には、たまたま忙しくてミラに家での仕事を頼んでいたが、普段はいつも外出についてきてもらう。

事業の店に行く時も一緒だったから、ミラは変装したベッカー侯爵夫人が愛人らしき男といるのも見ているし、毎年この時期に旅行用の魔道具を一式借りるのも知っている。

「あ、それでしたら補足の情報があります」

一通り聞くと、ミラはポンと手を打った。

「ベッカー家のメイドから以前聞きましたが、侯爵夫妻は表向きこそ仲良くして世間体を保っているものの、実際の夫婦仲は冷え切っているそうですよ。侯爵も他所に複数の愛人を囲っているので、夫人が従者と浮気をして毎年旅行に行くのも見て見ぬふりだとか」

「……ある意味で似合いの夫婦だな」

げんなりした顔でレオンが呟き、気持ちを切り替えるように頭を振った。

「これだけ状況が揃うと、ベッカー侯爵が何かしら公《おおやけ》にできない理由でクリストフを連れ出したのは、ほぼ間違いないな。侯爵夫人も、後で自分が口実に使われていたと知ったとして、その時に自分が愛人と旅行をしていたとは公に言えない。相手の従者も不貞で罰せられたくなければ、口裏を合わせてしまうだろう」

「……」

助けてと、不気味な絵の中に隠されていた鏡文字の訴えが脳裏に蘇り、悪寒にフローラは身を震わせる。

そして不意に、大事なことを思い出した。

「クリストフさんの妹は、何か知らないのかしら？」

先日にクリストフから聞いた話によれば、即売会でいつも売り子をしている少女が、彼の妹だ。

彼女も目元を隠す仮面をつけているので顔はよく解らないが、思い返せば確かに、クリストフとそっくりな癖のある栗色《くりいろ》の髪をしている。

「王宮に仕える者は、家族の住所も記録されている。すぐに使いを出して安否を調べさせよう」

レオンが呼び紐を引き、すぐにクリストフの妹を呼ぶようにと、部下へ指示を出す。

「もどかしいが、怪しいというだけで侯爵家を家宅捜査したり、クリストフを出せと強引に詰め寄るわけにもいかないからな」

部下が部屋を出ていくと、レオンが悔しそうに眉を寄せた。

世間を騒がせた不幸の手紙にクリストフが関わっているというのは、あくまでもまだ憶測に過ぎない。

それに、ベッカー侯爵はクリストフを王宮から連れて行くにあたり、きちんと所定の手続きを済ませている。その堂々とした振る舞いから、自分の行動によほどの自信があるのだろう。

夫人が浮気相手と旅行中なのは、屋敷の使用人からも漏れているくらいだ。万が一に誰かが気づいて指摘したところで、もっともらしい言い訳を用意されている可能性は高い。

「とりあえず後は、調査班にもっと手紙の分析をさせて、クリストフの妹が王宮に来たら話を聞く。地道にいくしかない」

溜息をついたレオンに、フローラは思い切って提案した。

「……レオン、私にベッカー侯爵家を訪問させてくれないかしら？」

「フローラが？」

呆気にとられた様子のレオンに、預かり物のスケッチブックを取り出してみせる。

「私に侯爵家を訪ねる理由はないけれど、クリストフさんに用があって訪ねるのは仕方がないことでしょう？　大切なものだからどうしても本人に手渡したいと、面倒臭く食い下がれば、侯爵もこの中身に興味が湧くのではないかしら？」

　勿論、スケッチブックの中身はロマンス絵巻用の習作や設定画ばかりなのだが、侯爵に後ろめたい所があれば、もしや自分に関わるものではと気になってくるであろう。

　一方、フローラ達の憶測が大外れで、クリストフもベッカー侯爵もこの手紙になにも関係なかったとしても、こちらは何も困らない。

　口実にした通り、預かり物を返しに行っただけで収めてしまえる。

「……わかった。好奇心でベッカー侯爵を探った新聞記者が、行方不明になったりもしているんだ。証拠を探しているうちに、クリストフの身に危険が及ばないとは限らないからな」

　レオンが息を吐き、フローラの両肩に手を置いた。

「ただし、俺が世界で何よりも優先するのはフローラの安全だ。お前のためなら、俺は何を捨てても構わない」

「レオン……」

「フローラが侯爵家を訪ねるのなら、俺の計画に従ってくれ」

　そして彼が口にした計画に、フローラは驚きつつも頷いた。

慌ただしく準備をし、フローラがベッカー侯爵家に着いた時には、そろそろ陽が落ちかけていた。

瀟洒《しょうしゃ》なデザインの門前で馬車を止め、フローラは王宮メイドの服装をした同乗者の手を借りて、タラップを降りる。

ミラは馬車に乗っていない。他に大事な役目があるので、また別行動になっているのだ。

侯爵家の門番は、フローラの背後に立つメイドを見て、一瞬ぎょっとしたような顔をした。

無理もない。金色の巻き毛にボンネットを目深に被ったメイドは、一般的な男性よりも長身なのだ。肩幅も広く、紺色のお仕着せは一番大きなサイズでも窮屈そうに見える。

メイドは長い前髪の合間から切れ長の鋭い瞳で、ギロリと門番を睨んだ。

「突然の訪問で失礼いたします。宮廷画家のクリストフ様がこちらにいらっしゃると聞いて参りました。レオン・アルベルムの妻、フローラが参ったと、お取次ぎ願えますか？」

フローラがにこやかに申し出ると、長身メイドに気をとられていた門番は慌てて敬礼をした。

「はい。少々お待ちを」

門番が屋敷の方へ駆けていき、すぐに背広を着た中年の男性を連れて来た。

「お待たせしました。当家の家令でございます。クリストフ殿はただいま絵画の意欲制作中でして、旦那様が代わりにご用件を伺うそうですので、応接間にご案内します」

さすが名門侯爵家の家令だけあり、非の打ちどころのない丁重な物腰だったが、フローラはなんとなく彼の目つきが気に入らなかった。

女性を品定めするような、いやらしい目つきをしている。

しかし、今はそんなことを気にしている場合ではない。

すぐに立派な応接間に案内され、背もたれが美しい曲線を描く長椅子で侯爵を待つ。メイドは長椅子の後ろに立ち控えた。

「……それにしても、凄い応接間ね」

侯爵を待つ間、室内を見渡し、思わず感心して呟いた。

飾られた小物の一つにとっても洗練された品なのは勿論、全体の調和が見事に計算されつくされている。

この応接間そのものが、一つの見事な芸術品のようだ。

「この部屋は気に入って頂けましたか？」

室内に見入っていると、唐突に後ろから声がした。

見れば、いつのまにか開いた戸口にベッカー侯爵が立っている。

「初めまして。フローラ・グレーデン・アルベルムでございます。このような時刻に突然の訪問をするなど、どうか無礼をお許しください。」

慌ててフローラはスカートを広げ、丁重にお辞儀をした。

「先日に奥様の茶会で素晴らしい庭園を拝見いたしましたが、こちらの応接間も声を失う美しさで、ベッカー侯爵の審美眼の高さは噂で聞く以上と感服いたしました」

微笑んで賞賛を述べると、ベッカー侯爵がまんざらでもなさそうに口元を緩めた。

「お褒め頂き恐縮です、アルベルム公爵夫人。門番から事情は聞かせて頂きました。なんでもクリストフに届けものをするために、わざわざお越し頂いたとか」

「ええ。このスケッチブックをしばらく預かるよう頼まれていたのです。とても大切なものだそうで……」

フローラは先ほど王宮で、紙の封をとりつけたスケッチブックを取り出す。

わざわざ封をしたのは、いかにもワケありそうに見せる、ちょっとしたカマかけだ。

こんなのに引っかかるとはあまり期待していなかったが、とても大切なものと聞いた途端、ベッカー侯爵の頬が僅かにピクリと反応した。

フローラはそれに気が付かない素振りで、あくまでも恐縮したように侯爵を見あげる。

「私が王宮に来る時に返す約束だったのですが、本日に所用で王宮を訪れたら、彼はしばらくこちらに滞在すると聞きましたので……ご迷惑かと悩みましたが、届けにあがったのです」

「そうでしたか。クリストフは今、離れのアトリエで作業に熱中しております。私が責任もってお預かりして、後程彼に渡しましょう」

侯爵が鷹揚《おうよう》に微笑み、片手を差し出した。

「いえ……それが……申し訳ございません。こちらを預かった際、必ず手渡しで返して欲しいと頼まれたのです」

クリストフに届け物があると言えば、こういう反応をされるのは予想済みだ。

フローラはスケッチブックを取り出し、大切そうにしっかり抱えて見せた。

「なんと。クリストフは謙虚で礼儀正しい若者でしたが、公爵夫人にそのようなお手間を要求するとは。王宮にあがって増長したのなら嘆かわしいと、私から厳重に注意をしておきます」

侯爵が手入れされた口ひげを捻《ひね》り、大仰な仕草でお辞儀をした。

スケッチブックを寄越《よこ》せというように再び手を差し出され、フローラは首を横に振る。

「クリストフさんは悪くありません。彼と直接会ったのは先日が初めてですが、実は以前から妹さんを通じて、個人的な作品を拝見していたのです。それですっかり彼の絵のファンになっていたので、頼みごとをされて嬉しいくらいでしたわ」

クリストフの妹と直接の知り合いとは言えないが、即売会で毎年二回は姿を見ているので、知っているのには違いない。そして、クリストフの個人的な作品を昔から愛読しているのも事実だ。

これに関して嘘は言っていないと、フローラは胸を張って告げる。

「ほう、クリストフの妹と懇意だったのですか」

侯爵が頷き、口髭《くちひげ》をまた捻った。どうやら驚いた時の癖らしい。

「わかりました。そういうことでしたら、彼をここに呼びましょう。少々お待ちいただけますか」

「はい。侯爵閣下にはお手間をかけますが、お願いいたします」

フローラは丁重に頭を下げる。

侯爵は応接間を出ていき、ほどなくクリストフを連れて戻ってきたが、体格の良い従者も一緒に連れて来た。

従者というよりも護衛のように屈強な大男は、クリストフと王宮で会った時にも、ベッカー侯爵が従えていた男だ。

「フローラ様……」

フローラを見たクリストフは、乾いた掠れ声を発し、その場に立ち尽くした。特に暴行を受けたような外傷は見えないが、酷く青褪めて、今にも倒れそうな酷い顔色をしている。

その狼狽え切った様子に気がつかない素振りで、フローラはニコリと微笑みかけた。

「お久しぶりね、クリストフさん。預かりものをお返ししようかと思ったのですけれど、その前に見て欲しいものがあるの」

手にしていたスケッチブックをドレスの隠しに入れ、代わりに例の動画魔法で印刷されたカードを取り出す。

「っ‼」

フローラの手にあるカードを見た瞬間、明らかにクリストフが動揺を示した。

血の気の引いた顔は、蒼白を通り越して土気色になり、パクパクと打ち上げられた魚のように口を開け閉めする。

「クリストフ、どうした？」

侯爵が訝《いぶか》し気《げ》に眉をひそめると、クリストフがビクリと大きく震えた。

「いっ、いえ……あの……」

この狼狽《うろた》えようと、不審そうな侯爵の反応から、手紙の『助けて』とは、やはりクリストフが救いを求めるメッセージだったのだろう。

侯爵とフローラへ交互に顔を向け、おろおろと狼狽えるクリストフが気の毒になったが、もう少しだけ辛抱してもらわなければならない。

フローラはあえて厳しい表情を作り、不気味な動画魔法の絵が侯爵にもよく見えるよう、カードを開いて見せた。

「近頃、王都で騒ぎになっているこの手紙をばらまいたのは、クリストフさんですよね？　我が家の侍女がこの中にあった隠し文字のサインとメッセージをみつけましたわ。それで私はどうしても貴方に会わねばと、預かりものを渡す口実で、こうしてやってきたのです」

『隠し文字』と聞いたクリストフはまた大きく身震いをしたが、その目に希望の色が僅かに宿っていた。

「不幸の手紙……もしや近頃噂になっている、あの建国祭へ参加するなという……？」

侯爵がフローラの持つ手紙を凝視し、クリストフを激しく睨んだ。

「どういうつもりだ！　お前、まさか……っ！」

語気荒く怒鳴られても、クリストフはもはや侯爵の方を見もしなかった。

「はい、フローラ様。その手紙を書いたのは僕です」

まだ青褪めてはいるものの、しっかりと背筋を伸ばして立ち、フローラに向き合う。

「この手紙は多くの人心を惑わし、建国祭の準備にまで悪影響を及ぼしました。ただの悪戯ではすまされませんよ」

「……承知しております」

「通信魔法の指輪はご存じでしょう？　これで王宮にいる夫に連絡をとりますので、まずはこのような騒ぎを起こした事情をお聞かせください」

フローラが花の飾りのついた指輪を見せつけると、顔色を変えてよろめいたのは、クリストフではなくベッカー侯爵の方だった。

「な……っ！　ア、アルベルム夫人！　少し待っていただきたい！」

会話に割って入った侯爵は、悲痛な表情でクリストフを指した。

「私は少年の頃からクリストフを知っている。子どものない私にとって、彼は我が子も同然に思っているのです。どうか少しだけ、私と彼に二人で話す時間を与えて頂きたい。彼がなぜこのようなことをしたのか……」

「私は侯爵閣下の名誉の為にも、今ここでクリストフさんに語って頂いた方が宜しいと思います」

フローラは指輪にいつでも触れられるような状態で手を止め、冷たく侯爵の言葉を遮った。

今の反応から、ベッカー侯爵はクリストフがあの手紙をバラまいたことを知らなかったに違いない。そして、クリストフに何か話されると拙いことがあるのも、明らかだ。

二人だけで話したいなどと言い出したのは、口封じをしたいからだろう。

この屋敷の人間は侯爵の部下ばかりなのだから、自害したか逃げたと見せかけて殺すのも可能なはずだ。

「我が家の名誉の為？」

「はい。この場でクリストフさんに自白して頂ければ、王宮にいる夫を含め多くの人にも聞こえます。侯爵閣下がこの手紙のことを知らなかったと、後程、証人がいるほうが宜しいのでは？」

「アルベルム夫人のお気遣いには感謝します。ですが、我が家としては大袈裟に騒ぎ立てないで頂きたい」

さすが、侯爵はすぐに落ち着きを取り戻して反論してきた。

「そうですか、差し出がましい申し出をしてしまいました」

フローラは指輪を見せつけるように掲げていた手を落とし、シュンと俯く。

「ご理解頂けて幸いです。それでは、私は彼と話をしてきますので……」

ホッとしたように侯爵が笑みを浮かべた途端、フローラは大きな声をあげた。

「ああっ！　私としたら、とんだご無礼をするところでしたわ！　奥様がせっかく肖像画を描かせているところだったのに、中断させてお詫びの一言も申し上げないなんて！」

さも、今しがた思い出したとばかりに大きく手を叩いて言うと、侯爵が一瞬大きく表情を歪めた。

「ご丁寧にありがとうございます。妻には私から後で事情を話し、夫人が心配してくださったと伝えておきます」

侯爵は素早く紳士的な笑みを浮かべてみせたが、一瞬だけフローラを憎々し気に睨んだのは見落とさなかった。

「それでは私の気が済みませんわ。先日のお茶会で、奥様とは大層お話が弾みましたの。私は新婚なので、夫婦仲について興味深いお話をたくさん聞かせていただきました」

やはり、侯爵夫人はここにいないのだ。

フローラは確信し、ニコリと微笑む。

こうなれば徹底的に面倒くさい女になって、追い詰めてやる。

「肖像画を宮廷画家に依頼するなど、本当に奥様は愛されておりますのね。ですが、せっかく依頼をした画家が事件を起こしていたなど、奥様が気落ちしないか心配で……宜しければ、他の画家を紹介しますので、奥様とお話しさせて頂けません？」

「い、いや……妻のことは私が一番わかっております。あれが動揺するといけませんから……」

しどろもどろになった侯爵を無視し、フローラはクリストフに視線を移した。

「クリストフさんも、大恩ある侯爵にこれ以上の迷惑をかけるのは本意でないでしょう。やはりこの場で、事情を説明してくださいますね？」

にこやかに促すフローラに、これ以上の言い逃れはできないと侯爵は悟ったらしい。

「この女を捕まえろ！」

上品な紳士とは思えぬ乱暴な声で侯爵が叫び、従者がフローラに飛び掛かった。

巨体に反して、従者の動きは素早かった。普通ならフローラは通信魔法の指輪で助けを求める暇もないまま、囚《とら》われてしまっただろう。

だが、それまでじっとフローラの後ろに控えていたメイドが、従者よりも各段に早く動いた。

スカートを翻し、猛然と従者の顎を蹴り上げる。

グシャリと嫌な音がたち、従者は悲鳴と共に唾液と欠けた歯を噴き出した。

「っ？　お、おい！　たかがメイドを相手に何をしている！」

思いがけない展開に、仰天したのだろう。

倒れた従者に喚《わめ》くベッカー侯爵の前で、メイドがボンネットと金の巻き毛の鬘《かつら》をむしり取る。

「フローラも守れたし、窮屈な思いをした甲斐があった。やっと薄汚い本性を現したな」

「え……レオン様……っ？」

逞しい長身に首元まで詰まったメイド服を着たレオンを、クリストフもあんぐりと口を開けて凝視する。

レオンが一緒にいると、どうしてもベッカー侯爵の警戒を煽ってしまうのは目に見えていた。

しかし彼は、自分のプライドや体面などよりフローラの方が遥かに大切だと、一介のメイドに扮《ふん》して傍にいるのを提案したのだ。

「それから、フローラのつけている指輪は偽物だ。本物の指輪は王宮にあり、俺の指輪を通じて、今のお前の蛮行は国王陛下と王太子殿下に届いている」

レオンが、自分の指にはまって光を帯びている琥珀色の宝石を指した。

「ベッカー侯爵、貴方が魔道具にまで目利きでなくて助かったわ」

フローラは苦笑して指輪を外す。

ピンク色の宝石が花の形にあしらわれた指輪は、フローラのものによく似ているけれど、違う。王宮の宝物庫から貸してもらった、高価だが魔道具ではないただの指輪だ。

クリストフと侯爵の関係や、二人の思惑など、今回はまだ不明な部分が多すぎた。

そこでフローラ達は、国王と王太子に相談し、一芝居打つことにしたのだ。

クリストフは先日に間近でフローラと会っているうえ、観察眼の鋭い画家だ。指輪のデザインも覚えている可能性が高い。

フローラは自分の指輪と似たものを身に着けて侯爵家に行き、クリストフを糾弾してから、いかにもこれから通信魔法を発動させるような発言をする。

しかしその陰では、メイドに扮したレオンが、自分の指輪の通信魔法をとうに発動させているという計画だ。

フローラが居間に入った時から既に、全てのやりとりは王太子と国王のもとへ筒抜けだった。

通信魔法用の指輪は、魔法を発動させれば宝石が僅かな光を帯びるが、パッと見には普通の指輪と解らない。

クリストフが本物の通信魔法の指輪だと思って、王宮に全てを伝えることを決意してくれたおかげで、ベッカー侯爵を追い詰められた。

余計なことを言われる前にと焦り、フローラごと口封じをしようと、本性を現してしまったのだ。

「クリストフが怪文書を出していたのは知らなかったようだが、そうするに至った動機を話されるのは、随分と都合が悪いようだな。何か、心当たりでもあるのか？」

レオンが低い声とともに、ベッカー侯爵へ一歩踏み出した。

「王宮でじっくり話を聞かせてもらおうか。勿論、我が妻に暴行を加えようとしたことは、また別に償ってもらうことになるが」

視線だけで人を殺せそうな目とは、きっとこういうものを言うのだろう。

普段のレオンから女装など似合いそうにないと思っていたが、彼は元々の顔立ちが非常に整っているうえ、ミラの化粧技術は魔法のように人を変身させる。

長身の美人メイドに扮したレオンが、全身から怒気をみなぎらせて立ちはだかる姿は、鬼気迫る迫力に満ちていた。

「ひっ」

ようやく我に返ったらしいベッカー侯爵が、引き攣った声をあげて逃げようとしたが、背を向けた侯爵の首筋にレオンが鋭く手刀を叩きこむ。

侯爵が白目を剥いて昏倒《こんとう》したのを確認すると、レオンはポケットから笛を出して吹いた。

鋭い笛の音が響くやいなや、武装した兵たちが踏み込んで来る。

レオンは部下の一人から軍用マントを借りてメイド服の上に羽織り、屋敷内を捜査するよう、きびきびと指示を出しはじめた。

「……クリストフさん、大丈夫ですか？」

呆然と床にへたり込んでいたクリストフに、フローラは静かに声をかける。

近くで改めて見ると、血走った目の周りには隈《くま》が濃く、げっそりとやつれきっている。

クリストフは呆然とフローラを見上げ、干からびた唇をワナワナと震えさせたかと思うと、勢いよく平伏した。

「フローラ様、申し訳ございません！　僕のしたことについては裁きを受けます！　ただ、お願いです。妹を助けてください！　どこかに監禁されているんです！」

「落ち着いてください。やっぱり、妹さんを人質にして何か脅されていたんですね？」

フローラはしゃがみこみ、震えているクリストフの肩にそっと手を置いた。

「……妹のことを、ご存じだったのですか？」

消え入りそうな声で問いかけられ、フローラは頷いた。

「動画魔法の中に隠されていた文字で、クリストフさんが助けを欲《ほっ》しているのは解りましたが、どうしてあんな回りくどいやり方をしたのか不思議だったんです。そして貴方が王宮にいなかったので妹さんにまず話を聞こうとおもったのですが……」

フローラは息を吐き、王宮でクリストフの妹を呼びに行った使いが、複雑そうな顔で告げた報告を思い出した。

「ロッテさんはこの屋敷で長く勤めていたのが、先日、盗みを働いて行方不明と聞きました」

そう言った途端、俯いていたクリストフが、弾かれたように顔をあげた。

「それは侯爵の嘘です！　ロッテは盗みなんかしていません！」

気弱そうな雰囲気の彼が、こんなに大声を出せるとは意外だった。その場にいた人の目が、一斉にクリストフに集まる。

「すっ、すみません……つい……」

我に返り、恐縮したように頭を下げるクリストフに、フローラは微笑みかけた。

「大丈夫です。使いの人は、クリストフさんをよく訪ねるロッテさんの誠実な人柄をよく知っていたので、本当だとは思えないと言っていましたよ。だから私達も、侯爵に妹さんのことで何か脅されていたのではと心配していたのです」

「お兄ちゃん！」

不意に、可愛らしい少女の声が背後から響いた。

栗色の髪を三つ編みにした小柄な少女が、兵に抱えられて応接間に入って来る。隣にはミラがいて、あのいやらしい目つきだった家令の足首を片方掴み、ズルズルと引き摺《ひず》っていた。

「ロッテ！」

クリストフが一目散に少女に駆け寄る。

「ミラ、ありがとう。ここにいるのなら、すぐに見つけてくれると信じていたわ」

兄妹が感動の再会をする隣で、フローラは頼りになる侍女に感服の目を向けた。

フローラが侯爵を正面玄関から訪ねている間に、ミラは公爵夫人からの差し入れだと籠いっぱいの菓子を持って裏口を訪ね、使用人たちとお喋りをしながら情報収集していたのだ。

「ベッカー夫人はすぐ物を無くしては使用人が盗んだと騒ぐそうで、ロッテさんも盗みをして逃げたとは信じられてはいませんでした。それより、このスケベ家令に襲われかけて逃げたメイドが何人もいたので、皆もそれが原因だと思って探そうとしなかったようです」

ミラが汚物でも見るような目で、元の顔がわからないほどボコボコにしてきた家令を睨む。その手には、返り血で染まった愛用のナックルがはめられていた。

「この色ボケは、私のことも物陰で触ろうとしたんです。そんなに触りたいのならと、顔面に拳を大サービスしてあげたら、ロッテさんを監禁していた部屋を簡単に教えてくれました」

「ひぃっ！　ロ、ロッテには侯爵様の命令で手は出していません！　大切な人質なので、食事もきちんと与えて……なっ、何でも話しますから、もう許してくださぃ～っ！」

顔中を鼻血だらけにしてベソベソと泣きじゃくる家令は、よほど恐ろしい目にあわされたのだろう。

自分から縋りつくようにして兵に連行されていったが、特に同情は覚えなかった。

ミラは侍女でありながら護衛も兼ねられるほど腕が立つが、むやみに暴力を振るいはしない。女性に性的な嫌がらせをする相手には、徹底的に容赦しないだけだ。

レオンがこちらに近づいてきた。

「あらかたの指示は終えた。続きは王宮で話そう」

「ええ」

フローラは頷いたが、惜しいなと思ってレオンを眺める。

「なんだ、急に上から下までジロジロみて。まさか、俺のこの格好が気に入ったなどと、言ってくれるなよ」

図星を指され、ギクリとした思いが顔に出たらしい。呆れたように軽く睨まれた。

「だって、レオンが美女になった姿なんて、この先もう二度と見られないと思うもの」

「当たり前だ。お前を守る為でなければ、誰が好き好《す　この》んでするか」

「一生のお願い！　しっかり目に焼き付けさせて！」

「それなら、後でそこの宮廷画家に、思い出して描いてくれるよう頼めばいいだろう。お前の秘蔵にするのなら黙認する」

はぁ、とレオンがクリストフを指した。

「え……ですが、僕は不快な手紙で世間を騒がせたりして、王宮にいる資格は……」

「お前が王宮に留まる資格があるか、最終的に決断されるのは国王陛下だが、俺からも弁護はする。お前がつまらない悪戯で手紙をまいたわけではないと信じていたから、メイドの格好までしたんだ」

レオンがピシャリと告げると、クリストフが赤面した。

「はい……陛下の裁きを謹《つつし》んで待つことにします」

小声で返事をした宮廷画家に、レオンは満足そうに頷いたが、ふぅと息を吐いて顔を顰めた。

「とにかく早く帰るぞ。俺は今、コルセットが苦しくて死にそうなんだ」


ロッテは食事こそ与えられていたが、湿っぽい地下室にずっと監禁されていたので衰弱しており、設備の整った王立病院でしばらく入院することになった。

彼女を兵に託し王宮に戻ると、ベッカー侯爵の逮捕により大騒ぎになっていた。

国王と王太子は、侯爵への直接尋問など対応に追われていたので、フローラはいつもの軍服に着替えたレオンと、翡翠の間でクリストフから話を聞くことになった。

「――ロッテは、ベッカー侯爵を恩人だと慕っていました。ですがある日、侯爵が建国祭にてオルディアスの王子の暗殺を企てているのを、偶然聞いてしまったんです……」

フローラ達と向かいの椅子に座ったクリストフが、ポツポツと語り出した。

――クリストフとロッテの両親は、早くに亡くなったそうだ。

貧しい生活の中、兄が絵を学べたのはベッカー侯爵が才能を見染めてくれたからだと、ロッテは侯爵家で献身的にメイドとして勤めていた。

ところがある日、侯爵が怪しげな武器商人達と建国祭で暗殺事件を起こし、隣国と戦を起こす火種にする計画を聞いてしまう。

恩人とはいえ間違っている。

警備に訴えるつもりだと、ロッテからの手紙を受け取った直後、クリストフはベッカー侯爵から、妹を拘束したと聞かされた。

ロッテは宝飾品を盗んで逃げたと濡《ぬ》れ衣《ぎぬ》を着せられ、密かに監禁されているという。

普通なら兄妹揃って消すところだが、宮廷画家となって国王にも覚えのめでたいクリストフは、今後も王宮で手駒に使える。ロッテを生かしたのはその為だと言われた。

暗殺計画が済むまで黙っていれば、ロッテは一先ず開放して盗みの濡れ衣も晴らすと言われ、クリストフは大人しく従うことにした。

暗殺も戦も酷いと思うが、侯爵を止める力など自分にはない。下手に逆らえば妹共々殺されるだけだと、黙っている罪悪感から目を背けた。

ロッテが解放されるのは建国祭の後だから、楽しみにしていた今年の即売会には出られない。もうクリスティーナの名で作品を出すのは心苦しかったが、ロッテにだけ見せるのならいい。無事に再会できたら、強請《ねだ》られていた絵巻の続編を描いてあげようと、ぼんやり考えていたら、突風でスケッチブックが飛ばされた。

そしてフローラとミラに出会い、おまけにクリスティーナだとバレてしまったが、妹が監禁されていることとは言えないので、女性だと思われて後ろめたいことだけを白状したのだった。

「……あの時、初対面の僕をお二人が親身に励ましてくださり、次の作品を楽しみにしていると言われたら、僕の絵巻を見て喜んでいた妹の姿が目に浮かびました」

唇をぎゅっと噛みしめたクリストフの目には、涙が滲んでいた。

「このまま黙っていたとしても、侯爵が約束通りに妹を解放するとは思えない。そう薄々勘付いていたのに、僕は臆病だから目を背けていたんです。このまま黙っているのが一番と、無理に自分を納得させていましたが……妹の幸せな姿をまた見たければ、自分で何とかしなければと、あの時にようやく決意できたんです」

重苦しかった心の鬱屈を吐き出すように、クリストフは続きを語り出した。

――フローラ達と話をしている時、ベッカー侯爵が来たのは、ロッテからの手紙を届ける為だった。

侯爵がクリストフに、妹からの手紙を定期的に寄越すのは、無事を証明すると同時に裏切りの防止だ。身内を殺したくないだろうと、改めて脅す為だ。

侯爵を遠目に見つけたクリストフは、恐怖と怒りを覚えながら、ふと思いついた。

建国祭の前から王都の警備強化を大幅に促せば、ベッカー侯爵たちが怪しい動きをしているのを見つけてもらえるかもしれない。

勿論、それにはクリストフが関わっていることを微塵も悟らせてはいけない。

幸いにも、侯爵は動画魔法を幼稚なものと小馬鹿にしているので、クリストフもロッテも絵巻について彼に話した事は一度もない。

荷物を調べられても大丈夫なように、ロマンス絵巻用のスケッチブックをとっさにフローラに預かってもらい、クリストフは普段通りに萎縮した大人しい姿を侯爵に見せた。

そして動画魔法のカードが刷れる小型印刷機を買い、作った不幸の手紙を何人かの貴族女性に送りつけたのだ。

王宮に務めていれば、貴族の情報もある程度入ってくる。噂好きで迷信深そうな相手を選んだところ、見事に大騒ぎになった。

だが、狙い通りに警備は強化されたものの、ベッカー侯爵に怪しまれているのを感じた。

クリストフが関わっていると、侯爵も確証は持っていなかったのだが、勘が鋭いのだろう。

このままでは、手駒にするなどと悠長なことを言わず、ロッテと一緒に始末されかねない。

身の危険を悟ったクリストフは、一《いち》か八《ばち》かで不幸の手紙に助けを請う文字を隠して入れ、フローラに送ることにした。

彼女はベッカー侯爵が敵視するレオンの妻であるし、相当に絵巻を見慣れているようだ。どうか、隠し文字を入れた絵の歪みに気づいてくれと祈り、監視の目をぐって何とか裏口のポストに手紙を入れられたが、その直後に侯爵に捕まった。

王宮を抜けてどこにいっていたのかと尋ねられ、気晴らしの散歩と誤魔化したものの、神経を尖らせた侯爵は疑わしく思ったらしい。クリストフも自分の屋敷に監禁すると言い出した。

逆らうならロッテを拷問すると脅され、夫人の肖像画を描くなどともっともらしい理由で侯爵邸に移されたところ、フローラやレオンが来て助けられたのだった。

「――侯爵は、愛人と旅行に行っている夫人が帰ってきたら、僕と妹を殺すつもりだったのです。夫人もまとめて殺してから離れに火をつければ、絵を描いている最中に火事で死んだことになると、執事と話しているのが聞こえました」

クリストフは供述を締めくくり、ふぅと長い息を吐いた。

「酷い……」

思わずフローラが呟くと、クリストフがビクリと震えた。

「ほ、本当に酷いことをしてしまったと思っています。他に手段を思いつかなかったとはいえ、あの手紙を送られた人たちは、さぞ気分が悪くなったでしょう」

「あ、いえ。私が酷いと言ったのはベッカー侯爵の行為であって、クリストフさんのことではない……とは言い切れないのですが……」

複雑な思いで、フローラは語尾を濁した。

クリストフの置かれた状況を思えば、手段を選んでいられなかったのは容易に解る。とはいえ、彼の作った手紙が、多くの無関係の人を不安に陥れたのは事実だ。事情があったからといって、罪を犯して無関係の人を傷つけていいわけにはならない。

「送られた人も、必要以上に騒いでしまったから大勢に広まったわけですけれど、あれだけ迫力があれば怖くなるのも解りますし……ええと、何と言ったら良いか……」

目に見える危険なら注意すれば避けられるけれど、不幸という漠然とした目に見えない恐怖に対し、人は無力だ。フローラは楽天家だから気にしないが、他の人にまでそれは強要できない。

悩んでいると、隣のレオンが咳払いをした。

「正式な裁きは、法律に則って国王陛下が定められる。我が国の法律では、故意に畏怖を与えた者は、直接に被害を与えた相手一人ごとに、被害程度に応じた賠償を支払うと決められているので、今回の件ならば、おそらく一番軽い罰金が提示されるだろうな。一人につき銀貨十枚だ」

「え……そんな法律があるの？」

フローラは目を丸くし、レオンを見た。

ある程度の法律は頭に入れてあるけれど、そこまでは覚えていない。

「脅迫罪に関する刑罰の一文に含まれている。あまり知られていないようだが、嫌がらせの手紙だけでも、証拠を揃えて訴えればきちんと適応されるぞ」

「私も脅迫が罪なのは知っていたけれど、それは知らなかったわ。そこまで覚えているなんて、レオンはやっぱり凄いわね」

「国政にも関わる以上、法律を暗記するのは基本だ」

感嘆の目を向けると、彼が少々照れくさそうに視線を逸らした。

そして改めて、レオンが厳しい目をクリストフに向ける。

「しかし、被害者に誠意を籠《こ》めて謝罪をし、定められた罰金を支払ったところで、相手に許されるとは限らない。関係ない者達にも罵倒されるだろう」

「はい……簡単に許されるとは思いません。ですが、自分のしたことの責任をきちんと取らなくては、ロッテが退院した時に合わせる顔がありませんから」

背筋を伸ばして宣言した若い画家に、先日のおどおどした気弱な雰囲気はない。

フローラは一人っ子だから、兄弟のいる感覚が解らないけれど、クリストフはきっと素晴らしい兄に違いない。

「頑張ってください。ちなみに、私は全然気にしなかったので、数に入れないでくださいね」

微笑んでクリストフに告げると、傍らに控えているミラが何やら思案顔になったのに気づいた。

「ミラ、どうかしたの？」

「いえ……ただ、少し惜しかったと思いまして」

「何が惜しかったの？」

「不幸の手紙なら、レオン様との婚約が決まった後で、フローラ様は百通以上受け取ったではありませんか。全て匿名でしたけれど、その気になれば相手は調べられますし、全部訴えていたら一財産儲《もう》けられたなと……」

「なんだと？」

唐突にレオンが大声を発し、ミラの言葉を遮った。

「フローラ！　俺は何も聞いていなかったが、そんなに嫌がらせを受けていたのか？」

血相を変えて詰め寄られ、困惑しながら答えた。

「それは、まぁ……でも、直接に危害を加えられたわけでもないし、私が恨みをかうのは当然だと思ったわ」

「当然？」

「結婚相手にレオンを狙っていた令嬢は大勢いたもの。それが、婚活をやる気ゼロだった私と婚約なんて聞けば腹も立つわよ」

今でこそ、レオンを愛していると断言できる。

けれど婚約当時は、あくまでも互いに友情関係だと思っていた。

真剣にレオンと結ばれるのを望んだ人たちを差し置いて、そんな自分が婚約するなんて、恨まれるのも無理はない。

「嫌がらせをするのが正しいとまでは言わないけれど、それで彼女達の気が晴れるなら結構よ。もう収まっているし、今さら特に何か言うつもりはないわ」

「まったく、フローラらしいといえばそうだが……」

はぁ、と溜息をついたレオンに肩を抱き寄せられた。

「それでも今後、不快な目に合わされたら一番に相談してくれ。俺はいつでも、お前に頼って欲しいんだ」

間近で目を見つめて囁かれ、ドキリと心臓が跳ねた。頬が熱くなる。

「ええ。レオンは凄く頼りがいのある、私の騎士様だものね」

照れ笑いをしながら言うと、ミラがコホンと咳ばらいをした。

「お二人とも、私達がいるのをお忘れでは？」

ハッと気づけば、向かいに座っているクリストフも、非常に居心地悪そうに視線を逸らしている。

「では、続きは家に帰ってからだな」

レオンが苦笑し、真っ赤になったフローラの頬に素早く唇を触れさせた。

「～っ！」

いっそう熱くなった頬を押さえ、フローラは恥ずかしくなって俯くも、口元がニヤケてしまう。

結婚する前のレオンは、堅物で浮いた話の一つもなかった。どんなに魅力的な女性に言い寄られてもすげなくかわしていたのに、今ではまるで別人だ。

でも、彼に惜しみなく愛情表現をされるのが嫌なわけはない。

しかもそれが自分だけなんて、最高の気分だ。

# 第六章

建国祭の舞踏会が開催された夜。

王宮の広間は華やかに飾り付けられ、人々の笑顔と笑いさんざめく声で満《み》ち溢《あふ》れていた。

「やっぱり、こういう場所は落ち着くわ」

フローラは大きな垂れ幕の陰で、ホッと一息をついた。

先日、ベッカー侯爵の企《たくら》みが露わになったことで、彼と癒着していた武器商人だけにとどまらず、他に協力していた貴族も芋づる式に逮捕された。

そしてまた、フローラ達の結婚式の日に、輸入した食品に毒を入れようとしたのもベッカー侯爵が関わっていたのがわかった。

他にも、美術品の輸出中に紛れさせた密輸など余罪が山ほど出て来た。ベッカー夫人も侯爵の不正に直接手出しこそしなくても、勘づいた使用人に盗みの濡れ衣を着せて追い払うなどしていたらしい。

おかげで、一時期の王宮は大混乱となったそうだ。

国王は、ようやく分かり合えたと喜んでいたベッカー侯爵に裏切られていたのが、相当にこたえたらしい。

がっくり気力が落ちて床についてしまい、私情に目の曇った自分は引退すると、早々に王太子へ全権を託すのを宣言した。

正式な戴冠式は先になるとしても、事実上はアロイス王太子が国王の立ち位置となり、レオンは引き続き補佐を務める。

そういうわけで、レオンは今まで以上に多忙になってしまったが、彼が兄と協力して勤勉に対処にあたった甲斐あり、騒ぎはほどなく収まった。

罪を犯した者にはしかるべき裁きが下され、王都には建国祭を祝う活気が戻り、こうして最終日の舞踏会を迎えられたわけだ。

「ゆっくり休んでくれ。フローラのおかげで、大臣たちもオルディアスの使節団と打ち解けてきたようだ」

労《ねぎら》いの言葉と共にレオンに抱きしめられ、フローラは照れ笑いをした。

「お役に立てたなら嬉しいわ」

本日の舞踏会は建国の記念日を祝うのと同時に、隣国オルディアスの第一王子が率いる使節団をもてなし、今後も友好関係を築いていく交流が目的だ。

しかもレオンは既に第二王子の座を放棄したとはいえ、オルディアスが交流に踏みきるきっかけになった人物である。

そんな彼の妻として舞踏会に出席する以上、フローラも地味な装いで背景に徹するわけにはいかない。

薄紫の華美なドレスと、それに合わせた宝飾品で身を飾り、レオンと使節団へ挨拶に赴いた。

オルディアスの使節団について、経歴や人柄に関する資料は予《あらかじ》め熟読していた。

なので、使節団の面々と会話をしながら、近くにいたこちらの重鎮たちとも会話が弾むよう、さりげなく橋渡しをしてきたのだ。

独身時代、仲睦まじい恋人たちの姿を堪能したいばかりに、相性の良さそうな令嬢や令息の会話が弾むよう引き立て役に徹してきた経験が、見事に役立った。

そして共通の趣味など彼らだけで会話が弾みだしたところで、フローラ達は席を外して一休みすることにしたのだ。

「あっ、見て。クリストフさんとミラが踊っているわ」

垂れ幕の隙間から大広間を覗き、フローラは歓喜の声をあげた。

見つめた先では、夜会服姿のクリストフが、ミラの手をとって踊っている。

侍女に雇われるのは下級貴族か、平民階級でも裕福な家の娘に限られるから、ミラも実家は準男爵の地位にある、れっきとした貴族令嬢だ。

もっとも、彼女はつい最近まで休暇を社交場で費やすより、ロマンス絵巻を眺めて癒されたいという信条だった。

それが宗旨替えをしたのは、クリストフに舞踏会でのダンスを申し込まれたからだ。

あの事件の後、クリストフが世間を騒がせた件については、彼の置かれていた状況も踏まえて、レオンの予想した通りの判決がくだされた。

直接手紙を送ったものへ、謝罪と慰謝料を支払うというものだ。

ただ、あれだけ噂が大々的に広まっていたというのに、意外にもクリストフが手紙を出したのは、フローラを除けばたった五人だったのだ。

そもそも監視の目をくぐって手紙を出しに行くのが難しく、それしか出せなかったらしい。

自分の所にも届いたと騒いでいた人のほとんどが、注目を集めたいが為の嘘だったようだ。

とにかく、クリストフはその五人の貴族女性に心から謝罪し、全員から無事に許しを受けた。

彼が妹を人質に取られていた事情なども既に広まっていたので、心配していたような非難も受けずに済んだらしい。

その報告をフローラへ告げた後、クリストフは非常に緊張した面持ちで、ミラが良ければ建国祭の舞踏会で自分と踊ってほしいと頼んだのだ。

何でも、ベッカー侯爵家の家令をボコボコにして引き摺ってきた逞しい姿に、一目惚《ひとめぼ》れしたのだと言う。

ミラも、クリストフが大好きなロマンス絵巻の作者というだけなら異性として意識することはないが、ひ弱ながら妹の為に奮闘した姿には惹かれるものがあったらしい。

本日のミラは、ほっそりした身体に美しいドレスを纏《まと》い、亜麻色の髪には花飾りをつけ、この上なく幸せそうな笑顔でクリストフと踊っている。

（クールな美人ヒロインと、気弱だけれど決める時は決めてくれるヒーローの組み合わせ……良い！　素敵よ、ミラとクリストフさん！）

顔がニヤけて仕方ない。

頬を押さえて夢中で見入っていると、不意にレオンがポツリと呟いた。

「その……すまない」

「え？」

急にどうしたのかと振り向くと、彼が複雑そうな顔で頭を掻いた。

「俺も独り身の時は、個人的に出席した宴席ならかなり自由にできた。だが、近く兄上が正式に戴冠し、俺も国王補佐となれば、今まで以上に社交の場では忙しくなる」

「ええ。そうでしょうね」

当然承知していたから頷くと、レオンが一瞬ギョッとしたように目を見開いたあと、眉をひそめた。

「他人事のようにあっさり言うが、俺は宴席のパートナーにお前以外を伴う気はない。様々な理由で、妻の代わりに女性の秘書官を伴う官僚もいるが……俺には無理だ、窮屈な思いをさせてしまうのがわかっていても、俺の傍にいるのはお前でいてほしい」

溜息交じりに告げられ、フローラは目を見開いた。

「レオンが他の女性を伴って、私は自由にしろなんて放置したら、それこそ怒るわよ」

想像しただけでムッとして、頬を膨らませた。

「フローラ……」

「でも、ありがとう。いつもレオンは、私の幸せを考えてくれるのね」

こんなに優しくて素敵な人に愛されていると思うと、歓喜で胸がいっぱいになる。

「惚れた相手を大切に思うのは、当然だろう」

照れ臭そうにレオンが視線を彷徨わせた。

「それなら私だって、レオンが大切で傍にいたい。静かな物陰は確かに落ち着くけれど、人妻の立ち位置だって素晴らしいと気づいたの。何しろ、もう結婚相手を見つけなさいとせっつかれることもなく、堂々と脇役でいられるんだから」

キッパリ告げると、レオンが噴き出した。

「フローラは本当に、人生を楽しむのが上手だな」

「それには自信があるわ。レオンと一緒に、これからの人生も楽しんでいきたいの」

二人で笑い合った時、ちょうど楽曲が終わった。

「そうだな。俺もフローラと色々なことを楽しみたい。……そういうことで、たまには一曲踊って頂けますか?」

芝居がかった口調で恭しく手を差し出され、フローラは大笑いしそうになった。

たまにも何も、レオンとはあれだけ夜会で顔を合わせていたのに、踊るのは初めてだ。

「ええ。喜んで」

レオンの手に、そっと自分の手を乗せる。

垂れ幕の陰からそっと出ると、大広間の中央で楽団が次の曲を奏で始めた。

緩やかな旋律に合わせて、フローラ達は踊り出す。

フローラも教養の一環として踊りのレッスンくらいは受けていたが、公の場で踊ったのは社交界デビューの時くらいだ。それだって父が相手だった。

しかし、レオンが素晴らしく上手にリードしてくれるので、フローラもゆったりと落ち着いて踊りを楽しめた。

壁の花の女神と揶揄されていたフローラと、いつも令嬢たちからさっさと身を隠していたレオンが踊っているのは、とても珍しく思われたのだろう。

周囲から興味津々な視線をチラホラ感じたが、今は不思議と居心地悪くならない。

やっぱり彼と一緒にいれば、自分は何でも楽しめるようだ。

ふと、壁際で休憩しているらしいミラとクリストフが目に入り、フローラは思わずレオンに視線を移してニヤケそうになる。

実は、どうしても気になる事があり、先日、クリストフに尋ねたのだ。

するとやはり、予想通りの答えが返って来た。

――ディートハルトの外見は、レオンをモデルにしたものだった。

(でも、見た目をモデルにしただけだというし、やっぱり私の最推しはレオンね！)

あのロマンス絵巻の作品は相変わらず大好きだけれど、フローラが一番好きなのは、間違いなくレオンだ。

フローラはレオンに身を寄せ、幸せいっぱいで次の曲を踊り出した。


宴は大盛況に終わった。

帰宅して湯浴みを終えたフローラは、レオンと並んで寝台に腰を下ろす。

「レオンがあんなに踊りが上手だったなんて、知らなかったわ。考えてみれば、貴方が誰かと踊っているところも見たことがなかったのよね」

「苦手ではないが、一人と踊れば他の令嬢とも踊らなくてはならないからな。どうしても必要な時以外は、面倒だと逃げていた」

レオンは苦笑して答えたが、不意に何か思い出したように目を細めた。

「もっとも、それがきっかけでフローラに出会えた」

「え？　ああ……私もあの時はビックリしたわ」

レオンとの出会いは、今も鮮明に記憶に残っている。

――とある夜会で、いつものように引き立て役に徹したフローラは、見事に一組の男女を良い雰囲気にするのに成功した。

その日に一緒にいた華やかな美人令嬢は、それまで好きな令息の気を引きたくて目立つよう派手に振舞っていたのだが、令息は自分など相手にされるはずがないと、逆に諦めてしまっていた。

そうした情報を、ミラが両家の侍女仲間から仕入れてきたので、フローラはさりげなく件《くだん》の令嬢を取り巻きから離し、目当ての令息と話せるよう仕向けたのだ。

そして、実は互いに好意を抱いていたと気づいた二人が、初々しく頬を染めて踊り出したのを、物陰からワクワク見守っていた時である。

『お前は、自分が情けなくないのか？』

いきなり現れた険しい表情の美形――レオンに、出会いがしらから剣呑《けんのん》な言葉を浴びせられたのだ。

『え？　いえ、特には……』

この人は唐突に何を怒っているのだと困惑したが、薄暗い中でよく見たらなんと第二王子で、さらに驚いた。

そして話を聞けば、どうやら彼には、フローラが先ほど一緒にいた令嬢から利用されていたように見えたらしい。

『人に都合よく利用されて嬉しそうにしているなど、俺には理解しがたい。お前はよく見れば、先ほどの女よりよほど美しいのに、なぜ引き立て役に甘んじている？』

『あの……失礼ながら、殿下はそもそも誤解なさっているようで……』

褒めているのか貶《けな》しているのかいまいちわからないが、とりあえず面倒くさい人だと思った。

そしてフローラが、さっきのは自分なりに楽しんで行動していただけだと話すと、レオンは面食らったような顔をした。

『では、自分から好んでその立ち位置を選択していたということか？』

『はい。人には向き不向きがあるでしょう？　私は背景でいたいので、主役は他にお任せします』

きっぱり答えたら、レオンがいっそう驚いたように目を見開いた後、くっくと声を震わせて笑い出した。

『確かにそうだな。人には向き不向きがある。幸せの形も一つではないというわけだ』

さっきまでの不機嫌そうな様子はどこへやら。愉快そうに笑うレオンにつられ、フローラまで愉快な気分になってしまった。

以来、レオンとはしょっちゅう夜会で顔を合わせるようになり、何度も話しているうちにすっかりフローラも彼に会うのが楽しみでたまらなくなったのである。

「――まさか第二王子に、ケンカ腰で話しかけられるなんて思いもしなかったもの。何かやらかしていたのかと、焦って青褪めたわよ」

クスクスと思い出し笑いをすると、レオンもニヤリと笑った。

「焦って青褪める？　面倒くさい奴に憩いの時間を邪魔されて困る、くらいに思っていたように見えたぞ」

「あ……ハハ……まぁ、それは少し……」

見事に図星を指され、笑って誤魔化す。

「別にいい。そうやって自分に正直なお前が好きだ」

レオンに腰を抱き寄せられ、顎を持ち上げられたかと思うと唇が重なる。

レオンの舌がフローラの舌に絡み、甘い口づけから湧き上がる快楽に、じんと脳髄が痺れる。

押し倒され、レオンがフローラの髪を一房掬い上げて口づけた。

「……あの日、フローラに出会えてよかった。お前と会っていなければ、俺の人生はきっと未だに不満だらけだったろうな」

「不満って……どういうこと？」

自分と出会えてよかったと言ってくれるのは嬉しい。

でも、会えなければレオンは不満だらけだったなんて、一体どういう意味だろう？

「翡翠の間にあった、子ども時代の肖像画について、話したことを覚えているだろう？」

「ええ。覚えているわ」

事実を捻《ね》じ曲《ま》げ、双子のように描かれたという肖像画を思い起こす。

「あれと似たようなことは、何度もあったんだ。教育係や家臣の態度から、俺は兄よりも目立ってはいけない立場なのだと、あの絵を描かれた頃には子どもながら理解していた」

「つまり、それだけ口煩《うるさ》くあれこれ言われたということよね？」

幼い第二王子をやたらに押さえつけるような行為は、王太子に敬意を払うのとは違う気がする。

そういう人は、単に未来の国王に媚を売っていたのではなかろうか。

思わず眉をひそめてしまうと、宥《なだ》めるようにポンポンと頭を叩かれた。

「そういうことだ。しかし当時の俺は、背丈や力の強さなどだけを見て、兄上より俺の方が優れていると思い込むような単純な子どもだった」

そう言って苦笑した彼は、まるで昔を思い起こすように目を細める。

「兄上は先に生まれたというだけで優遇されていると妬《ねた》み、父上や母上にも、将来は兄上の補佐をするのが当然と思われているのが、嫌でたまらなかったんだ」

「何だか意外……レオンの子どもの頃の話を聞いた限り、アロイス殿下とは仲が良かったのだと思っていたわ」

首を傾げたら、レオンが決まり悪そうに頭を掻いた。

「何しろ、兄上は天性の人たらしだからな。小さい頃は腹を立てても、すぐにほだされて機嫌を直していた。それでも成長するにつれて段々と鬱屈が膨れ上がるのはどうしようもなくて……」

レオンは小さくため息を吐いた。

「兄上は懸命に寄り添おうとしてくれたのに、俺は頑《かたく》なに距離を置き続けた。意地を張り続けて、兄上の思慮深さや辛抱強さといった美点を素直に認められなくなっていたんだ。そうやって内心荒《すさ》みきっていた頃、フローラに出会えた」

レオンがしみじみと言い、フローラにそっと覆いかぶさる
額に、頬に、愛おしそうに口づけを落とされ、時おり心地よさに「んっ」と自然に声が漏れる。

「自分の好きで引き立て役に徹していると言ったお前は、とても幸せそうな顔をしていた。羨ましくなるくらいに……」

愛おしそうに目を細め、レオンの指がフローラの唇をそっとなぞる。

「俺が本当に望んでいるのは、他者の評価ではなく、自分が満足する立ち位置を手に入れることだとようやく気づけた。それまでずっと、兄上の脇役としてしか生きられないのを不満に思っていたが、それのどこがいけないのかと。自分たちの得意分野を考えてみれば、王座は兄上に任せて俺は補佐に徹する方が、絶対に向いているのだと気づけた」

愛おしそうに自分を見つめるレオンを、フローラは呆然と見上げた。

レオンが急に臣籍に下った理由に、まさか自分が関与していたなんて。

「驚いたけれど、私もレオンと出会って人生が変わったわ」

唇をなぞる指に口づけ、彼に微笑みかけた。

「他の人の恋愛模様なら、私はいくらでも背景に溶け込んで眺めていたいけれど、レオンだけは別。レオンの恋を傍から見て楽しむなんてできない。貴方の傍でなら、恋物語の主役になりたいと初めて思ったんだもの」

真っ直ぐに彼を見つめて心の内を伝えると、一瞬レオンが泣き出しそうに顔をクシャリと歪めた。

「フローラ……」

抱きしめられ、息もつけないくらい激しく口づけられる。

「んっ、ん……ふ……」

呑み込み切れない唾液が口の端から溢れ、フローラの顎を伝い落ちた。

レオンが手早くフローラの寝衣を脱がせ、自分も裸になる。

既に勃ちあがっている太くて長い雄が視界に入り、無意識にフローラはゴクリと唾を呑んだ。

あんなに大きなものが自分の中に入るなんて、未だに信じられない気分だ。

それでも快楽を教え込まれた身体は素直に反応し、胸の先がツンと尖って、腹の奥が熱く火照って疼きだす。

「レオン……」

そっと手を伸ばすと、優しく抱きしめられた。

首筋からゆっくりと唇が滑り、乳房や二の腕の柔らかな部分に、赤い花びらのような所有の印をたくさん刻まれる。

胸の膨らみをやわやわと揉まれ、先端を口に含まれると、堪らない愉悦に襲われた。

「あっ……あ、あ……」

乳頭を甘く噛まれ、音を立てて強く吸われると、快楽に貫かれた身体がビクビクと跳ねた。

短くて少し硬い髪に指を絡ませ、胸に押し付けるように抱え込む。

唾液に濡れ光る先端はぽってりと赤く膨らんで、ジンジンと胸の奥に痺れるような快感を伝える。

左右の胸を交互に愛撫され、脇腹にも臍にも、丹念に愛撫を施される。

丁寧に上半身を可愛がってから、レオンはフローラの膝裏を押して、足を大きく開かせた。

「っ……」

未だに、この瞬間は羞恥に身が竦む。

熱を持った秘所はとうに耐えがたく疼き続け、そこがどうなっているのか見なくても容易に想像できた。

花弁が綻び、蜜を滴らせる小さな入り口がひくひくと収縮しているのを感じる。

恥ずかしい気持ちとは裏腹に、身体は素直にレオンを求め、早く欲しいと求めてしまうのを抑えられない。

「フローラは、身体もいつも素直で可愛いな」

レオンが口角をあげ、つんと指先で膨らんだ花芽を突いた。

「ひゃんっ！」

鮮烈な刺激に、高い声が漏れる。

その声に気をよくしたらしいレオンが、身体をずらしてそこに顔を寄せてきた。

「や……レオン、それ……駄目……あぁっ！」

温かな舌で蜜口を舐められ、フローラは頤を反らして高く鳴いた。

敷布を固く握りしめ、内腿をブルブル震わせて強烈な快楽に耐える。

「駄目ではなく、いい、だろう？」

指先を蜜口に出し入れしながら、レオンが敏感な花芽に息を吹き付ける。

「は……あぁ、あ……ん、ああ……」

秘所を舐める舌の動きに、甘ったるい悲鳴が止めようもなく零れる。

感じ過ぎて苦しいほどなのに、ぬるぬると温かな舌に舐め回されるのが気持ち良くてたまらない。

「あ、あぅ……あぁ……も、苦し……レオン……っ」

尖らせた舌で花芽を転がされ、生殺しの快楽に焦れる。首を左右に振って訴えると、敷布に髪が擦れてパサパサと音を立てた。

もっと気持ちよくしてほしい。

頭が真っ白になる、あの鮮烈な快楽を味わいたい。

花芽を転がす舌の動きが激しくなり、レオンの指がグプグプと音を立てて蜜壺をかきまわす。

溢れる愛液が敷布を濡らし、執拗な愛撫を施される秘所からいやらしい水音が立ち昇る。

「ふ……ぁ……あ、あ、あ……」

近づく絶頂の気配に、内腿が突っ張って小刻みに震える。

蜜壺から指が引き抜かれ、レオンの舌が侵入してきた。弾力のある舌が膣内にねじ込まれ、ビクリと背筋が震える。

「あっ！　んんん……っ」

潤んだ瞳の端から愉悦の涙が零れ、火照った頬を伝い落ちる。

あまりに気持ち良すぎて、のぼせたように頭がクラクラする。激しく鳴る心臓の音が煩い。

音を立てて愛液を啜られ、溜まりにたまっていた快楽が一気に弾けた。

「っ――――？」

声にならない悲鳴を放ち、背をのけ反らせてフローラは絶頂に身を戦慄《わなな》かせる。

愛液がどっと噴き出し、レオンが手の甲で口元を拭うのが、このうえなくいやらしく見えて、興奮を煽られる。

「フローラ、イッたばかりで辛いかもしれないが……」

もう限界だと視線で訴えられ、フローラは荒い呼吸の合間に小さく頷いた。

達したばかりの身体はまだ過敏になりすぎているけれど、早く彼でいっぱいに満たしてほしい。

彼がフローラの片足を抱え、熱い塊が秘所に押し当てられる。

待ち焦がれていたように、ヒクリと膣口が震え、雄に吸い付くのを感じた。

太い先端が花弁を割り開き、蜜壺に少しだけ沈められる。

「ん……」

しかし、埋め込まれた雄は予想に反し、一息に奥まで押し込まれなかった。

ぬぷぬぷと浅い部分を前後に揺すって擦られ、じれったい刺激にゾクゾクと背筋が戦慄く。

「はっ……ん……んんっ……」

淫靡な熱が、腹の奥深くに渦巻いて苦しい。

もどかしい熱に浮かされ、雄を誘い込むように、自然と自分から腰を揺らし始めていた。

「いやらしくて、可愛いな……奥まで欲しがっているみたいだ」

うっとりと呟くレオンを、涙で潤んだ瞳で睨んだ。

「だって、レオンが早く欲しいの……」

頭がぼうっとして、いつもなら信じられないほどいやらしい言葉を口にして強請ってしまう。

「フローラが可愛いすぎて、少し意地悪をしたくなった」

レオンが唇にちょんとキスをし、腰を両手でしっかりと抱えられた。

「ひあっ！　あ、ああっ！」

ずぶずぶと、剛直に奥深くまで貫かれる。

待ち焦がれていた膣壁がうねって雄に絡みつき、熱い蜜がいっそう溢れだす。

レオンはフローラの腰をしっかりと固定し、動き始めた。

抜けそうなほど引き抜いて、奥まで一気に貫く。

「あっ！　ああっ！」

子宮口を強く突かれる激しい快楽に、フローラは背をのけ反らせて喘いだ。

隘路を太い屹立が押し広げ、繰り返される抽挿の速度が徐々に増していく。深く打ちつけられると花芽が擦れ、更なる愉悦に襲われて目の前に火花が散った。

「んっ、あ……レオン……好き……大好き……」

頭の中が白むほどの快楽に焼かれ、無我夢中でレオンに縋りついた。

「俺もだ……愛している……」

熱に浮かされたようにレオンもフローラを見つめ、激しく腰を打ちつける。

「あっ、あ……きもちいい……あ……」

痛いほど強く奥に打ちつけられているのに、気持ち良くてたまらない。

もう気持ち良すぎて無理だと思うのに、奥を強く突かれるたびに、さらに快楽が高まっていく。

「はぁ……はっ……あああっ！」

「っぐ……」

レオンが呻き、フローラを抱きしめて身体を震わせた。

子宮口に亀頭の先端が深々と食い込み、そこから熱い飛沫が噴き出してフローラの中を満たしていく。

全身から汗が噴き出し、しばらく二人で抱き合ったまま無言で荒い呼吸を繰り返した。

舞踏会でレオンとたくさん踊ったうえ、激しい性交で疲れ切ったフローラは、とろとろと睡魔にいざなわれる。

しかし、快楽の余韻に浸り、半ば意識を飛ばしかけていると、レオンが甘えるように頬ずりをしてきた。

もう一度したいと、フローラに強請る時の合図だ。

「ん……」

どれだけ体力があるのかと少々呆れながらも、フローラはレオンの首に腕を回し、頬に口づけた。

くたびれ切っていても、レオンに抱かれるのが幸せで受け入れてしまうのだから、我ながら仕方ないと思う。

唇を合わせ、舌を絡めているうちに、体内に入ったままの雄がまた硬度を増してくる。

「んんっ」

ゾクゾクと身を震わせたフローラに、レオンが上機嫌の笑みを浮かべて囁いた。

「これで忙しかった建国祭のシーズンもようやく終わりだ。明日は休みだから、ずっとフローラを愛せる」

「……は？」

聞き間違いかと、耳を疑った。

朝まで離してもらえないというのは今までもたびたびあったが、今回はそれでは済まないように聞こえる。

「いやいや！　待って！　さすがにそれは……んんっ！」

こちらの身が持たないと訴えようとしたのだが、悲鳴は口づけに塞がれてしまった。

「一時も離したくないくらい。フローラを愛しているんだ」

このうえなく幸せそうな声で言われると、抗議しようという気持ちがみるみるうちに萎んでいく。

フローラもレオンが愛しくてしかたないし、愛されて幸せなのだ。

だからやっぱり幸せだと、目を閉じてうっとりと彼を抱きしめた。

# あとがき

はじめまして。もしくはこんにちは、小桜けいです。

この度は本書をお読みいただきまして、まことにありがとうございます。

以下、ネタバレも含みますので本文がまだの方はそちらを先に読んで頂けると嬉しいです。

今回のレオンがメイドに変装するシーンは、実は当初の予定になかったものでした。

ミラが強い設定は元々考えてあったので、護衛は彼女に任せて、敵が馬脚を現したところでレオンが格好よくフローラを助けにくる……と、プロット段階ではそうなっていたのです。

しかし書き進めていくうちに、レオンの性格ならどんな無茶をしてもフローラについていきそうだと思い、このような形になりました。

今回も、担当様には非常にお世話になりました。そしてイラストを担当してくださったＫＲＮ様、本書に関わってくださった全ての方、そして読者様。

この場を借りて御礼を申し上げます。ありがとうございました。

小桜けい

Mitsuneko Novels

蜜猫 novels をお買い上げいただきありがとうございます。
この作品を読んでのご意見・ご感想をお聞かせください。
あて先は下記の通りです。

〒102-0075　東京都千代田区三番町 8 番地 1 三番町東急ビル 6F
(株)竹書房　蜜猫 novels 編集部
小桜けい先生 /KRN 先生

# 軍服萌えの新妻は最推し♥の騎士団長サマに溺愛される

2021 年 5 月 17 日　初版第 1 刷発行

著　者　小桜けい　©KOZAKURA Kei 2021

発行者　後藤明信

発行所　株式会社竹書房
〒102-0075 東京都千代田区三番町 8 番地 1
三番町東急ビル 6F
email : info@takeshobo.co.jp

デザイン　antenna

印刷所　中央精版印刷株式会社